Emily Bold

Im Urlaub mit Mr. Grey

Kurzroman

Im Urlaub mit Mr. Grey

Im Urlaub mit Mr. Grey – oder: Eine rote Badehose macht noch keinen Rettungsschwimmer!

Nach ihrem turbulenten Einsatz als Superspionin träumt Anna nun von einem erotischen Liebesurlaub mit ihrem Mr. Grey. Doch kurz vor der Abreise wird ihr klar, dass sie Marc nicht so gut kennt, wie sie gedacht hatte. Ihr Liebster entpuppt sich als leidenschaftlicher Camper.
Statt all-inclusive unter Palmen, erwartet Anna das Abenteuer Wildnis in einem Zelt!
Mit einem Koffer voll Sexspielzeug und Dosenravioli will Anna das Beste aus der Sache machen, aber als eine himmlische Versuchung jegliche Erholung zunichtemacht, droht Ärger im Paradies.

In ihrer größten Not muss Anna erkennen, dass eine rote Badehose noch lange keinen Rettungsschwimmer macht.

Autorin

Emily Bold lebt mit ihrer Familie in einem idyllischen Ort in Bayern mit Blick auf Wald und Wiesen – äußerst ruhig und inspirierend. Sie schreibt Liebesromane für Jugendliche und Erwachsene.

Titel von Emily Bold

Auf der Suche nach Mr. Grey
Ein Tanz mit Mr. Grey
Frohes Fest mit Mr. Grey
Ein Job für Mrs. Grey
Im Urlaub mit Mr. Grey

Lichtblaue Sommernächte
Klang der Gezeiten
Ein Kuss in den Highlands

Der Sehnsucht wildes Herz
Gefährliche Intrigen
Eine verführerische Rebellin
In den Armen des Piraten

Vergessene Küsse
Verborgene Tränen
Verlorene Träume

Vanoras Fluch (The Curse 1)
Im Schatten der Schwestern (The Curse 2)
Das Vermächtnis (The Curse 3)

Aus Nebel geboren (Darkest Red 1)
Von Flammen verzehrt (Darkest Red 2)
Im Dunkel verborgen (Darkest Red 3)

Emily Bold

Im Urlaub mit Mr. Grey

Coverdesign: © Emily Bold
Stock: iStockphoto
Lektorat/Korrektorat: K. Schwaben-Beicht

http://emilybold.de

Printed by Create Space, ISBN-13: 978-1534674967
Creative Media Solutions, Am Baumgarten 5, 91486 Uehlfeld

Kapitel 1

Kennt Ihr das?

Sich in einer Situation wiederzufinden und sich dann zu fragen, wie um alles in der Welt man da gelandet ist?

So ging es mir gerade.

Ich trieb auf einem Türblatt im Mittelmeer, während die Lichter der *Adriatica* am Nachthimmel immer kleiner wurden und eisige Wellen an meinen Waden leckten.

Kapitel 2

Ich lag träge im Bett und blätterte durch Reiseprospekte für die Türkei oder Ägypten, während Pussy mir in halbzärtlicher Mister-Grey-Manier die Zähne in die Zehen grub. Ihr lautes Schnurren hatte meditative Wirkung, und ich fühlte, wie sich so langsam mein inneres Gleichgewicht wiederherstellte.

Der Bluterguss an meinem Oberschenkel von dem Betäubungspfeil verblasste allmählich, und ich kam mir vor wie James Bond im Ruhestand. Das Adrenalin, das mir mein letztes Abenteuer bis unter die Schädeldecke gepumpt hatte, baute sich mit jeder leidenschaftlichen Liebesnacht in Marcs Armen weiter ab. Ich wurde schrittweise wieder ich selbst. Ich war mir sicher, in einigen Wochen würden mich nur noch Edlmayers Dankesschreiben und die Ehrenauszeichnung der Polizei „für meinen mutigen, selbstlosen und lebensbedrohlichen Einsatz im Namen der Gerechtigkeit“ erinnern, die ich gerahmt und im Wohnzimmer aufgehängt hatte.

Ja, ich war eine Heldin! Eine Superspionin erster Klasse! Und ich hatte mir diese freien Tage wirklich verdient. Zwar musste ich bei Gelegenheit noch kurz bei Klett in der Kanzlei vorbei und meinen Arbeitsvertrag unterzeichnen, doch bevor ich mich zu Beginn des nächsten Monats dort ins Getümmel stürzen würde, wollten Marc und ich zusammen in den Liebesurlaub fahren.

Darum studierte ich die Prospekte aus dem Reisebüro. Meine Reisekasse war zwar im Grunde überhaupt nicht existent, weil ja die Autoreparatur noch immer anstand, aber wer konnte bei türkisblauem Wasser und kilometerlangen Sandstränden schon Nein sagen?

Ich jedenfalls nicht!

Wir würden Sex haben – im Flugzeug, im Hotel, vor dem Hotel, hinter dem Hotel und … im Meer, vielleicht heimlich im Pool und ganz sicher noch mal im Flugzeug – wir würden ja auch wieder zurückfliegen! Sex-Tourismus mal anders! Ich würde für die Reise nicht sehr viel mehr brauchen als einen Bikini und … ein paar post-coitale Schokodrops! Das alles mit All-inclusive gepimpt würde auch meine kulinarischen Leidenschaften befriedigen!

Es stand also fest! Urlaub! Ich komme!!

Ich sah mich direkt in einem halbseidenen Traum von einem Kleid am Strand den Sonnenuntergang genießen …

Hach!!

Als das Wasser unter der Dusche abgestellt wurde, verdrängte ich meine Urlaubsfantasien. Ich spitzte die Ohren – genau wie Pussy. Sie ließ von meinen Zehen ab und sprang vom Bett. Mit schief gelegtem Kopf tapste sie zur Tür und spähte in den Flur.

Klar! Diese Katze ließ sich keine Gelegenheit entgehen, Marc nackt zu sehen. Das war mir schon mehrfach aufgefallen und bestätigte Marc in dem Glauben an seine unwiderstehliche animalische Wirkung auf das weibliche Geschlecht.

Um von ebendieser Wirkung etwas abzubekommen,

drapierte ich mich lasziv auf die Kissen und öffnete den Kragen meines Bademantels, so, als wäre mir überhaupt nicht bewusst, dass meine Nippel blitzten. Was Madonna und Janet Jackson konnten, konnte ich schon lange!

Erwartungsvoll zog ich den Bauch ein und hielt die Luft an, als Marc reinkam. Doch anders als erhofft, war er schon angezogen und knöpfte gerade noch sein Hemd zu.

„Hey, Annalein“, raunte er, als er seinen Blick über mich wandern ließ. „Du weißt, dass ich heute zur Abwechslung mal ins Büro muss?“, fragte er und beugte sich über mich. Er lupfte meinen Bademantel und fuhr mit den Händen unter den Stoff. „Für wen bringst du dich also in so sündige Pose?“

Er küsste meinen Bauch und ließ seine Zunge verheißungsvoll höher wandern. Die Stoppeln auf seinen Wangen kratzten auf meiner Haut, und ich sog erregt die Luft ein. Manchmal fand ich es gar nicht so übel, dass er diesem Naturburschen-Trend folgte und sich seit Kurzem einen Bart wachsen ließ.

„Ich dachte, du könntest vielleicht von zu Hause arbeiten?“, flüsterte ich und grub meine Hände in sein Haar.

Um zu verhindern, dass ich seinen *Out-of-Bed*-Look zerstörte, setzte Marc sich auf und zupfte einzelne Strähnen wieder in seine Stirn.

„Wenn du hier bist … und ich auch … dann …“ Mit einem bedauernden Blick schloss er meinen Bademantel und zog mir die Bettdecke bis über die Brust. „… dann hab ich wirklich keine Arbeit im Sinn, Annalein. Außerdem will mein Chef irgendwas Wichtiges besprechen.“

Er bückte sich und streichelte Pussy, die an seinen Schnürsenkeln kaute. Dann setzte er mir die Wildkatze auf den Schoß und stand auf.

„Such du doch in der Zwischenzeit ein schönes Hotel aus."

Damit überließ mich Marc meiner Langeweile – und der Killerkatze. Zwar war Pussy inzwischen deutlich zugänglicher, aber sie musste mitbekommen haben, dass wir vorhatten, ohne sie zu verreisen. Sie hatte wieder diesen dämonischen Blick.

„Ist ja gut, Chucky!", versuchte ich, sie zu beschwichtigen. „Wir bringen dich schon irgendwo unter."

Ich nahm an, dass jede zeitweise Unterkunft besser wäre als der Kanalschacht, aus dem man sie gefischt hatte. Sie brauchte sich also nicht zu beschweren. Und ich war ehrlich gesagt froh, Marc mal wieder nur für mich allein zu haben. Pussy war doch sehr auf ihn fixiert und schien unser Sexleben ganz bewusst zu sabotieren.

Wenn bei Marc etwa die Hose fiel, konnte man sicher sein, dass Pussy irgendwo in der Wohnung im Gegenzug auch etwas fallen ließ. Zum Beispiel einen Blumentopf vom Fensterbrett. Oder wenn Marc sich auf mich stürzte, dann fuhr sie ihre Krallen aus und tat das ebenfalls.

Ich hätte ja meinen Tierarzt dazu konsultiert, doch der hatte sich dummerweise ins Ausland abgesetzt, nachdem ich seinen illegalen Tierschmugglerring hatte auffliegen lassen. So ein Pech auch!

Jetzt musste ich also jemanden finden, der kein Problem damit haben würde, beim Sex von einer Psychokatze gestört zu werden. Ich dachte da sofort an meine

Schwester Marie. Vielleicht konnte sie mit ihrer Berufserfahrung als Psychologin ja herausfinden, was der Grund für die Persönlichkeitsspaltung meiner Katze war. Schließlich wusste Marie ja sonst auch immer alles!

Am Nachmittag hatte ich es tatsächlich geschafft, meine müden Knochen so weit zu motivieren, mich in ein (dem Hippielook meines zukünftigen Chefs angemessenes) bunt gebatiktes Kleid zu zwängen und einen Wiederbelebungsversuch meiner Rostlaube zu starten. Schließlich rief die A9! Ich hatte einen Termin bei meinem neuen Arbeitgeber. Da ich mich mit Schrecken an die letzte Fahrt erinnerte, hatte ich vorsorglich seit Stunden nichts getrunken, um Chemietoiletten weiträumig umfahren zu können. Ich hoffte deshalb, nicht dehydriert im Treppenhaus von Kletts Kanzlei zusammenzubrechen – sollte der doofe Fahrstuhl immer noch defekt sein.

Da meine Blase diesmal also kein Risiko darstellte, hatte ich den Kopf frei für Überlegungen zum Wiedersehen mit dem Späthippie. Der Batiklook würde mir sicherlich Pluspunkte einbringen. Da Klett sich von meinem Kifferwitz nicht hatte abschrecken lassen, mich trotzdem einzustellen, nahm ich an, dass er wohl selbst gelegentlich zum Tütchen griff. Hoffentlich erwartete er nicht, dass ich mich da anschloss, denn ich war zugegebenermaßen schon im nüchternen Zustand eine Gefahr für mich selbst.

Ich probte also mit kritischem Blick in den Rückspiegel

mehrfach mein „It’s cool man!“ und mein „Alles chillig!“, während ich einem Laster an der Stoßstange klebte, um in dessen Windschatten Benzin zu sparen – schließlich musste ich eine Urlaubsreise finanzieren. Und ein passendes Strandoutfit!

Meide jegliche sexuelle Anspielung!, ermahnte ich mich, als ich mich atemlos die drei Stockwerke zur Kanzlei hinaufschleppte. Du brauchst diesen Job!

Und wenn ich den erst hatte und mich jeden Tag hier heraufquälen würde, dann bekäme ich zudem noch einen Hintern aus Granit und Oberschenkel, mit denen ich Melonen zerquetschen konnte. Immerhin etwas, womit ich im Guinnessbuch der Rekorde landen könnte, falls es mit der Karriere als Hippie-Assistentin wider Erwarten nichts werden sollte. Ich war wirklich stolz auf meine Flexibilität. Krisen sollten es da zukünftig schwer haben, mich aus der Bahn zu werfen.

Ich hatte schließlich eine enorme Weiterentwicklung durchgemacht. Inzwischen ruhte ich in mir selbst, war sexuell ausgelastet und hatte Adrenalin zu einer Zutat in meinem Morgenmüsli erklärt. Mein altes, langweiliges und spießiges Ich war gestorben und begraben! Der Gedanke ließ mich schaudern. Nein! Nicht begraben! Das erinnerte mich viel zu sehr an *Friedhof der Kuscheltiere*. Am Ende würde sich mein altes Ich wieder ausbuddeln und mich in einer finsteren Gewitternacht heimsuchen …

Als ich schließlich meine Finger in Kletts Büro um eine Tasse heißen Yogi-Tee schloss, hatte ich zum Glück meine

Horrorfantasien im Griff. Stattdessen fragte ich mich, ob der leicht süßliche Geruch, den mein neuer Chef verströmte, von Opiaten oder Cannabis herrührte – oder doch nur einem etwas ungewöhnlichen Aftershave entsprang.

Wie kühn und mutig musste ein Anwalt sein, seine Marihuana-Dampfwolke in den Gerichtssaal mitzunehmen – oder zu Klienten in die nächste Polizeiwache? Vielleicht war Sebastian Klett das männliche Pendant zur Femme fatale? Ein Homme fatale! Ein tiefenentspannter Homme wohlgemerkt, denn obwohl ich nun seit guten zehn Minuten vor seinem Schreibtisch saß, hatte er seine Kopfüber-an-der-Wand-lehnende-Yogahaltung noch immer nicht aufgegeben. Die angegrauten Haare hingen auf dem Boden, und seine rot gemusterte Bandana war ihm schief über die Ohren gerutscht.

„Schmeckt der Tee?“, fragte er gedehnt und passend zu den spirituellen Klängen einer Panflöte, was mich daran erinnerte, aus Höflichkeit zumindest an der Tasse zu nippen.

Ich lächelte, nippte und lauschte andächtig dem meditativen Gedudel. Ganz so, wie man es von mir erwarten würde. Schließlich mauserte ich mich zu einer professionellen Angestellten.

„Köstlich“, flötete ich möglichst überzeugend, auch wenn das Gebräu mich an Spülwasser erinnerte.

Kletts Kopf nahm eine immer dunklere Rottönung an. Konnte das wirklich gesund sein? Na, zumindest wurden seine Haarwurzeln ordentlich durchblutet. Manche Frau wäre froh über so eine lange Mähne. Trotzdem verwirrte mich seine Haltung langsam, denn ich wusste nicht, ob es höflich war, ihm während unseres Gesprächs von oben in die Nase zu schauen. Hob ich aber den Blick, fiel mir unweigerlich sein bestes Stück unter der dünnen, anschmiegsamen Yogahose ins Auge. Offensichtlich war Sebastian Klett ein Linksträger.

Um zu verhindern, dass mir dazu ein unbedachter Kommentar entschlüpfte, lenkte ich meinen Blick schnell zurück in seine Nase.

„Ich muss sagen, ich habe unseren Plausch in der Toilette sehr genossen", erklärte Klett, wobei seine Nasenhaare bei jedem Wort zitterten. „Ich mag es natürlich. Die gespielte Perfektion Ihrer Mitstreiterinnen um den Job hat mich abgetörnt. Ich mag Menschen mit Schwächen."

„Dann bin ich genau die Richtige für …"

Was? Was redete ich denn da? Ich hatte doch keine Schwächen! Ich hatte … Persönlichkeit! Aber antörnen wollte ich ihn damit nicht! Und überhaupt … *antörnen*??? Was war denn das für ein Wort? Verwendete man das immer noch? War das nicht kurz nach den Dinosauriern ausgestorben?

„Ich meine … vielen Dank, dass Sie mich einstellen wollen, obwohl ich einfach gegangen bin."

„Hätte ich gekonnt, wäre ich auch gegangen", gab Klett zu und kam endlich auf die Beine. Er richtete seine Bandana und erinnerte mich, wie schon bei unserer ersten Begegnung, an einen alt gewordenen Axel Rose. „Sie haben gesagt, Sie seien ein böses Mädchen. Das gefällt mir! Treten Sie den Staatsanwälten in ihre Ärsche, den Richtern in die

Eier, und beißen Sie sich an meinen Kollegen fest, bis wir jeden einzelnen Mandanten glücklich gemacht haben!“

Ich nickte, obwohl ich in meinem Kopf meine ehemalige Kindergärtnerin predigen hörte: „Gewalt ist keine Lösung!“

Als die doofe Sibille mir damals die Puppe entrissen und ich ihr daraufhin eins mit der Bratpfanne aus der Spielecke übergezogen hatte, war das durchaus eine Lösung gewesen. Sibille hatte die Puppe fallen lassen und ich meine Ader für kulinarische Schlagwerkzeuge entdeckt. Vielleicht war mein Griff zum Pfannenwender mir also schon damals vorherbestimmt gewesen!

Womöglich war es sogar der Kreislauf des Lebens, dass mich ein Telefonsexspiel mit Harald und dem Pfannenwender nun an einen Ort führte, wo es meinen neuen Hippie-Chef antörnte, wenn ich seine Kollegen vermöbelte.

Na toll! Der Kreislauf meines Lebens war im Grunde eine Spirale der Gewalt! Ich kicherte. Ich war ein Wesen der Nacht, eine zwielichtige Gestalt, geboren aus Gewalt, Sex und Marcs Spiegeleiern!

„Anna?“ Klett sah mich fragend, aber geduldig an. Vermutlich hatte ihn noch nie etwas aus der Ruhe gebracht. Seine Entspanntheit war schon *schlaff* zu nennen – und sie wirkte ansteckend. Ich unterdrückte ein Gähnen.

Ob es der milde Duft nach Opium war, der meine Gedanken von diesem doch so wichtigen Gespräch ablenkte? Erschrocken riss ich die Augen auf.

Shit! War ich etwa high?

Das hatte mir gerade noch gefehlt!

„Was?“, hakte ich panisch nach und versuchte, nicht mehr einzuatmen.

Zum Glück schien Klett davon nichts mitzubekommen, denn er goss gemächlich den Bonsai auf seinem Schreibtisch und murmelte dabei leise vor sich hin.

Ich könnte selbst dann nicht so breit wie er werden, wenn ich in einem brennenden Marihuana-Feld stehen würde.

„Ich sagte gerade, dass ich einmal im Jahr meine Mitarbeiter zu einem Wochenende an den Chiemsee einlade. Vielleicht haben Sie ja Lust, sich anzuschließen. Sie könnten dort alle in gelöster Atmosphäre kennenlernen, ehe Sie hier anfangen.“

Gelöste Atmosphäre? War das eine Umschreibung für bekifft?

Ich schüttelte den Kopf und zuckte bedauernd mit den Schultern.

„Das klingt toll! Aber ich werde vor meinem ersten Tag hier noch einmal mit meinem Freund verreisen.“

Klett wirkte nicht im Mindesten enttäuscht.

„Tatsächlich? Sie haben einen Partner? Bringen Sie ihn einfach mit. Wir sind eine große, glückliche Familie. Wir werden Sie und ihn mit offenen Armen empfangen.“

Oje! Ich bekam immer mehr den Eindruck, dass Gruppensex zu Reggae-Klängen von Bob Marley im Zustand absoluter Bewusstseinserweiterung Hauptbestandteil dieses Kennenlernwochenendes sein würde.

Ich war zwar inzwischen wirklich megakühn und

supermutig, aber so weit wollte ich dann doch nicht gehen.

„Ich fürchte, das ist unmöglich“, log ich und suchte fieberhaft nach einer Ausrede. „Wir … haben eine unfassbar teure Reise gebucht und können die kaum so kurzfristig absagen!“

„Wo geht es denn hin?“, fragte er interessiert.

Ahhh! Woher sollte ich das wissen? Ich hatte mir ja nur die billigen Reiseziele angesehen – wegen der Rostlaube! Also wie sollte ich ein exklusives und kostspieliges Reiseziel kennen?

Verdammt! Wo machten denn all die Promis Urlaub? Auf Mallorca? In Abu Dhabi? Auf den Cayman Inseln? Oder konnte man da gar nicht Urlaub machen, weil die Insel voll mit Steuerflüchtlingen war?

„Wir fliegen in die Dominikanische Republik!“, entfuhr es mir, und ich fand die Antwort sogar ganz passabel! Offenbar hatte das Rauschgift noch nicht alle Hirnregionen beeinträchtigt.

„Wie wunderbar!“ Klett stand auf und reichte mir einen Federhalter, um den Arbeitsvertrag zu unterschreiben, der neben dem Bonsai bereitlag. „Dann genießen Sie die Zeit der Entspannung und Ruhe, lassen Sie Ihre Seele in Einklang mit Ihrer inneren Mitte kommen.“

Seele? Einklang? Innere Mitte? Wenn das eine Umschreibung für Sex mit Marc war, dann hatte ich genau das vor!

Schnell setzte ich meine Unterschrift unter den Vertrag und legte den Stift ab. Da Klett aufgestanden war, tat ich das auch – es war Zeit, zu gehen, ehe mich der Dunst hier drinnen in eine ernstzunehmende Drogenabhängigkeit stürzte. Ich spürte direkt, wie meine Beine schwer wurden, meine Arme dagegen superleicht … ich hatte Mühe, sie unten zu halten!

Höflich geleitete Klett mich zur Tür, vorbei an einem Regal, in dem ein Räucherstäbchen vor sich hin glomm und seinen intensiven Duft verströmte. Schlagartig wurden meine Arme wieder schwer, und das Gefühl kehrte in meine Beine zurück.

Ich war nicht high! Ich befand mich in einem von dem Räucherstäbchen hervorgerufenen eingebildeten Placebo-Delirium!

Trotzdem stand eines ganz klar fest! Meine Sorge wegen des Kifferwitzes war unbegründet gewesen! Im Gegenteil, der hatte mir vermutlich den Job erst verschafft.

„Vielen Dank für das Gespräch!", verabschiedete ich mich, erleichtert, jetzt zu Hause keiner auf den Rausch folgenden Fressattacke ausgeliefert zu sein, die meine ohnehin noch weit entfernte Bikinifigur endgültig ruiniert hätte.

Klett schüttelte mir die Hand und lächelte breit.

„Gerne! Genießen Sie den Urlaub! Und bringen Sie unbedingt Fotos mit!"

Kapitel 3

Fotos! Ich raufte mir die Haare und steckte mir einen Schokodrops in den Mund. Wie zum Teufel sollte ich an Urlaubsbilder aus der Dom Rep kommen? Dieses Reiseziel konnte ich mir keinesfalls leisten!

Auch Pussy machte ein nachdenkliches Gesicht. In Situationen wie diesen konnte ich alle Tierhalter verstehen. Die Solidarität eines Vierbeiners war wirklich tröstlich … oder überlegte Pussy gerade, wie sie es schaffen könnte, mich trotz meiner Leibesfülle in einem Happs zu verschlingen?

Vorsichtshalber zog ich meine Füße unter die Kuscheldecke und schlug unauffällig ein Kreuz als Zeichen gegen das Böse. Ich war kein Pferdeflüsterer – und mit Katzen funktionierte das auch nicht so besonders!

Marie würde wieder behaupten, mir fehle das nötige Einfühlungsvermögen – aber was wusste die schon!

Allerdings lenkte mich die Frage, ob Marie ihre Affäre mit dem Tanzlehrer fortführte, geschickt von meinem eigentlichen Problem mit den Fotos ab. Ich malte mir in schillerndsten Farben aus, wie meine Schwester sich von diesem Robbie-Williams-Egomanen dominieren ließ, und verdrückte dabei den restlichen Inhalt meiner Dropstüte.

„Hi!“, riss mich Marcs Rückkehr aus meinen schmutzigen Fremdsexfantasien. Pussy sprang auf, rannte zu ihm und warf sich vor ihm auf den Rücken.

Ich schüttelte verständnislos den Kopf über dieses mehr als würdelose Verhalten. Meine Namensvetterin Ana aus meinen Lieblingserotikromanen konnte sich bei ihr glatt noch eine Scheibe Demut und Unterwerfung abschneiden!

Ich setzte mich auf, knüllte die leere Tüte zusammen und warf sie achtlos auf den Tisch, was Pussys Jagdtrieb weckte. Marc war vergessen. Stattdessen pirschte sie sich an die Folienkugel heran. Reinste Mordlust glomm in ihren Augen. Ich beschloss, Pussy besser aus dem Weg zu gehen und den Moment der Ablenkung zu nutzen, um mich meinerseits an Marc ranzumachen.

„Hi!“, schnurrte ich und folgte ihm mit wiegenden Hüften in die Küche. Er war hinter der Kühlschranktür verschwunden, und ich zupfte mir meinen Ausschnitt zurecht, um ihm tiefe Einblicke zu gewähren.

„Ich hab ein Problem!“, gestand Marc, als er den Kühlschrank schloss und schmatzend, eine halbe Frikadelle vom Vortag zwischen den Fingern, zu mir kam. Er machte ein unglückliches Gesicht, und ich verabschiedete mich von der schnellen Nummer, die wir in meiner Vorstellung auf dem Küchentisch hätten schieben können.

Mein Liebster hatte ein Problem – und ich war sehr stolz, dass er damit zu mir kam. Das zeigte doch, wie gefestigt unsere Beziehung inzwischen war. Ich war nicht länger Anna, die sich auf halbherzige sexuelle Abenteuer einließ, um überhaupt mal einen Mann abzubekommen. Nein, ich war zu einer Frau geworden, die in einer ernsthaften, beständigen und tiefgründigen Beziehung lebte. Über die Rosa-Sonnenbrillen-Zeit, die geprägt war, von zahllosen welterschütternden Orgasmen, romantischen Träumereien und lebensverändernden Küssen waren wir hinausgewachsen und trotzdem noch zusammen!

YEAH, Marc hatte ein Problem – und gemeinsam würden wir das lösen!

„Was ist los?", fragte ich demnach sehr interessiert, während ich mir ebenfalls eine Frikadelle holte.

„Nichts. Vergiss es." Er kam zu mir und leckte mir das kalte Bratfett von den Fingern. „Ich finde schon eine Lösung." Seine Hände wanderten auf meinen Po, und er zog mich mit einem vielversprechenden Funkeln in seinen dunklen Augen an sich.

Na toll!

Frustriert versteifte ich mich und stemmte abwehrend die Hände gegen seine Brust.

„Ich dachte, wir führen eine ernsthafte Beziehung!", fuhr ich ihn an und entwand mich seiner Berührung.

Sein unschuldiger, überraschter Gesichtsausdruck machte mich noch wütender.

„Was? Was ist denn mit dir los?"

„Aha!", rief ich und hob meinen Zeigefinger. „Ich soll dir also sagen, was mein Problem ist – aber du sagst mir nichts!"

Marcs Spottbraue hob sich, und er legte den Kopf schief – das hatte er sich doch bestimmt bei Pussy abgeschaut.

„Ich weiß überhaupt nicht, wovon du sprichst!", verteidigte er sich. „Sind dir die Drops ausgegangen, ehe du satt warst?"

Boah! Dieser Arsch! Hatte er das echt gesagt?

Ich schnappte schockiert nach Luft und suchte nach einer schlagfertigen Erwiderung. Aber in so was war ich nie gut gewesen.

Spontan kam mir der Pausenhofspruch „Was man sagt, ist man selbst …“ in den Sinn, bei dem man die Hand hob und im besten Fall noch „Spiegelbild!“ oder „Selber!“ rief.

Beides schien mir der Schwere der Situation nicht annähernd angemessen, und ich entschied mich für einen weit dramatischeren Auftritt. Na ja, im Grunde war es eher ein dramatischer Abgang, denn ich drehte mich wortlos um und stapfte in mein Zimmer, wo ich bewusst heftig die Tür zuknallte und absperrte.

Seit ich mich in Unterwäsche auf dem Küchentisch auf Marc eingelassen hatte, hatte ich nicht mehr abgeschlossen. Er würde also wissen, wie verletzt ich war.

Oder?

Immerhin war Marc ein Mann …

Ich überlegte, die Tür noch mal kurz aufzumachen und ihn darauf hinzuweisen, entschied mich aber dagegen. Das würde ja jegliche Dramaturgie, die durch den Knall entstanden war, zunichtemachen. Nein, wenn ich nur lange genug hier drinbleiben würde, dann sollte er die Botschaft schon begreifen!

Dumm war nur, dass mir der Ärger mal wieder auf die Blase drückte.

Typisch! Aber ich war ja eine Frau – und damit zwangsweise Profi im Beine zusammenkneifen. Wenn ich nur daran dachte, wie ich beim letzten Rockkonzert im Olympiastadion geschlagene achtunddreißig Minuten vor dem Damenklo gewartet, den Anfang des Konzerts verpasste hatte und dann am Ende im Gedränge nicht mehr zu meinem Platz im vorderen Innenbereich gekommen war, für den ich den ganzen Tag angestanden hatte!

Ja, meine Blase war einiges gewöhnt – und zur Not hatte ich eine Vase auf der Fensterbank stehen. Ich konnte mich also ewig hier verschanzen! Und Marc in seinem eigenen Saft schmoren!

Die Zeit verging, und ich hörte nur gelegentlich Schritte im Wohnzimmer und undefinierbare Geräusche, die zu meinem ohnehin schon lästigen Harndrang auch noch meine Neugier weckten. Das war wirklich störend, und ich blätterte, um Ablenkung bemüht, durch die Reiseprospekte, wobei ich bewusst den Blick auf die plätschernden Poolanlagen mied, um meiner Blase nicht noch mehr Druck zu machen, als es an der Tür klopfte.

Ich stellte mich taub!

„Anna?!“ Marc klang reuig.

Natürlich stellte ich mich weiterhin taub.

„Annalein …“

Auch auf diesem Ohr war ich taub.

„Na komm“, bettelte er. „Ich hab das nicht so gemeint.“

„Das war echt fies!“, entfuhr es mir, und ich schlug mir verärgert die Hand vor den Mund!

Mist! Jetzt wusste er, dass ich nicht taub war.

„Komm schon, Annalein. Lass mich dir zeigen, wie leid es mir tut. Ich hab eine Überraschung vorbereitet – als Entschuldigung. Und als Einstimmung auf unseren

Urlaub."

Alles in mir schrie danach, mir anzusehen, wovon er sprach. Aber ich war noch viel zu sauer, um jetzt klein beizugeben! Schließlich hatte ich meine Würde!

„Ich will keinen Streit, Anna", murmelte er durch die Tür, und ich wusste genau, welchen Blick er dabei aufgesetzt hatte. Ein Blick, dem ich normalerweise nicht widerstehen konnte. Heute würde er damit nicht punkten – schließlich hatte ich Würde!

„Ich hab mir heute drei Badehosen gekauft – und du musst entscheiden, welche ich mitnehmen soll. Gerade trage ich einen getigerten Männerstringtanga. Du solltest dir das anseh…"

Scheiß auf die Würde! Ich riss meine Zimmertür auf und brach bei Marcs Anblick in prustendes Gelächter aus.

Auch Marc grinste und kam mit ausgebreiteten Armen auf mich zu.

„Sorry, Annalein", flüsterte er und küsste mich zärtlich. „Ich hab das nicht so gemeint. Ich war nur sauer auf die Arbeit – aber das hat sich schon erledigt. Ich wollte das nicht an dir auslassen."

Ich wollte mich großmütig geben und ihm verzeihen, aber als mein Blick durchs Wohnzimmer wanderte, blieben mir die Worte im Hals stecken. Entgeistert starrte ich auf das Zelt, die Schlafsäcke, einen Klapptisch und einen orange-braun gestreiften Sonnenschirm, der aussah, als hätte er eine Zeitreise aus den Siebzigern überlebt. Oder vielmehr – *gerade so überlebt*, denn eine der Ösen war eingerissen und die Spannstange ragte wie ein mahnender Finger unter dem losen Stoff hervor.

„Tadaaa!“, rief Marc und breitete zufrieden die Arme aus. Er strahlte übers ganze Gesicht, während ich mich fragte, ob heute der erste April war und mein Liebster sich einen Scherz mit mir erlaubte?

Aber leider wusste ich nur zu genau, dass nicht der erste April war! Schließlich hatte ich mich da morgens kichernd in Marcs Kleiderschrank gequetscht, um ihn zu erschrecken, sobald er seine Kleider für die Arbeit herausnehmen würde. Ich kauerte unter seinen hängenden Hosen und rang um Luft, während ich darauf wartete, dass er aufwachte. Später belauschte ich ihn, wie er sein Bett aufschüttelte, nach mir rief und dann endlos lange im Bad verschwand. Beinahe wäre ich wegen des Sauerstoffmangels in Ohnmacht gefallen, aber die Geräusche, die Marc in der Küche machte, hielten mich wach.

Vor lauter aufgeregtem Gekicher überhörte ich, dass er zur Arbeit ging – ohne sich etwas aus dem Schrank zu nehmen! Als ich Stunden später meine eingeschlafenen Beine und meinen krummen Rücken aus dem Schrank geschleppt hatte, hatte ich mich schwach erinnert, dass Marc sich schon am Vorabend ein frisches Shirt zu seiner Hose über die Stuhllehne gehängt hatte.

Da ich dieses peinliche Erlebnis also noch genau in Erinnerung hatte, wusste ich, dass heute nicht der Tag für Scherze war. Also was zum Teufel wollte er mit diesem Kram?

„Tadaaa?“, fragte ich entgeistert und versuchte, den Geruch der muffigen Zeltplane zu ignorieren.

„Ist das nicht klasse? Meine Eltern haben ihr ganzes

Zeug aufgehoben. Wir können uns das alles ausleihen!"

Marcs Begeisterung machte mir Angst. Hatte Pussys Wahnsinn auf ihn abgefärbt? Musste ich zu meiner eigenen Sicherheit beide unter einen Topf stecken? Oder schnitt ihm der hautenge Stringtanga die Blutzufuhr ins Hirn ab?

Ich bedauerte, keine Spottbraue zu haben, denn dies wäre die Gelegenheit gewesen, sie zu heben.

„Wovon zum Henker sprichst du, Marc?"

„Na, von unserem Urlaub!" Er umfasste meine Taille und dirigierte mich in die Mitte seines Arrangements. Zu meinem Entsetzen standen da eine mit deutlichen Warnhinweisen ausgestattete Gasflasche und ein in die Jahre gekommener Gasgrill.

Das konnte doch nicht sicher sein! Oder zulässig! Ich sollte sofort Mister Januar anrufen, damit er Marc einen Vortrag über Brandschutz hielt. Das hier war ganz bestimmt gefährlicher als meine brennenden Penis-Kekse!

„Willst du uns in die Luft jagen?", fragte ich besorgt und trat ein paar Schritte zurück.

„Quatsch! Da passiert nichts. Die Flasche stand doch zwanzig Jahre bei meinen Eltern in der Garage – und es ist nie was passiert."

Wie bitte? Hörte er sich überhaupt selbst zu? Was sollte daran denn beruhigend sein? Ich konnte nur hoffen, dass inzwischen die Dichtungen porös geworden waren und das Gas sich längst verflüchtigt hatte …

„Freust du dich gar nicht?" Ihm schien endlich aufzugehen, dass ich nur verhalten reagierte.

„Freuen? Worauf? Was soll denn das alles?", fragte ich und zuckte hilflos mit den Schultern.

„Zelten, Annalein! Wir fahren zelten! Was denn sonst?"

„Zelten???"

Hallo, ging's noch? Was meinte er damit? Offenbar sprachen wir nicht länger dieselbe Sprache.

„Na, komm schon, Anna. Du weißt doch, dass ich als Kind immer mit meinen Eltern campen war! Das war ein Riesenspaß!"

Ich schüttelte energisch den Kopf.

Das konnte er voll vergessen! Niemals! Nur über meine Leiche würde ich eine Nacht in so einem aufgeplusterten Schlafkondom mit Kordelzug ums Gesicht verbringen, während Ameisen eine Straße durch dieses windschiefe Zelt bauten!

„Als Kind hab ich immer Sand aus dem Sandkasten gegessen!", versuchte ich, seine Argumentation zunichtezumachen. „Das war auch ein Riesenspaß – aber ich würde doch nie von dir verlangen, das heute ebenfalls zu tun!"

Marc lachte und zog mich neben sich auf die Isomatte.

„Vertrau mir, Annalein!", flüsterte er und beugte sich über mich. „Camping ist urromantisch." Er knabberte an meinem Ohrläppchen. „In den Nächten kuscheln wir uns zusammen, lauschen den Grillen in den Büschen und machen es uns um die flackernde Gaslampe so richtig gemütlich. Wir machen Liebe … beinahe unter freiem Himmel!"

Hmmm ...???

Wie er das so sagte, klang das ja nun nicht sooo übel, und ich schob gedankenverloren meine Hände unter den dünnen Bund seiner Tiger-Badehose.

„Wenn ich dich liebe, dann wird das Zelt wackeln", prophezeite er, und sein heißer Atem streifte meine Wange, während er mir dic Träger meines Kleides von den Schultern schob.

„Dann wird jeder wissen, was wir tun!", gab ich zu bedenken, aber Marc grinste nur frech.

„Genau! Sie werden wissen, was wir tun. Macht dich das nicht heiß?"

Machte mich diese Vorstellung heiß? Na, vielleicht ein kleines bisschen …

„Keine Ahnung", log ich und schloss genießerisch die Augen, als Marc mich rückwärts auf den Schlafsack drängte.

„Du wirst dir auf die Lippen beißen, um diese kleinen Laute der Lust zu unterdrücken, die du sonst immer machst", reizte Marc mich weiter. So allmählich gefiel mir der Gedanke.

„Sie werden aber auch dich hören", gab ich zurück und grub ihm die Fingernägel in den Hintern. So ein String hatte durchaus Vorteile …

Er sog die Luft ein und lachte rau.

„Das werden sie, Annalein. Das werden sie. Sie werden hören, wie ich dir sage, dass ich dich liebe." Er küsste meinen Bauch und streifte mir das Kleid ab. Sein Blick versengte meine Haut, und ich drängte mich an ihn. „Sie werden hören, wie ich sage, dass du mich verrückt machst, mich verzauberst und ich dich verdammt noch mal endlich haben muss!", raunte er.

Kapitel 4

Am nächsten Morgen fühlte ich mich wie gerädert. Was für eine Nacht! Jeder Knochen tat mir weh – aber es war ein angenehm befriedigender Schmerz – aus Leidenschaft geboren. Und das ganz ohne Pfannenwender. Dafür mit Zeltschnüren – eine vollkommen neue Erfahrung!

Ich schlürfte an meinem Kaffee und sah gedankenverloren aus dem Fenster. In der Nacht hatte Marc mir also die Vorzüge des Campings nahegebracht, aber jetzt, so bei Tageslicht, fragte ich mich doch, wie mir in all der gemeinsamen Zeit hatte entgehen können, dass er ein verkappter Camper war? Ein Luftmatratzensurfer! Ein Naturbursche!

Ließ er sich etwa deshalb gerade einen Bart stehen? Sprang er womöglich auf diesen Trend auf, bei dem Männer sich in Holzfällerhemden warfen, Haare und Bart wachsen ließen, aber bei einem Splitter im Finger in Ohnmacht fielen? Hatte er vielleicht zu oft diese Survival-Sendungen im Fernsehen gesehen, in denen ehemalige Elitesoldaten Kamelkadaver ausweideten, um darin Zuflucht vor einem Sandsturm zu suchen? In denen der Überlebensexperte sich zum Frühstück einen Knödel aus eiweißhaltigen und leicht nussig schmeckenden Grashüpfern presste und diesen dann mit einem herzhaften Schluck Eigenurin hinunterspülte?

Mich schauderte bei der Vorstellung, Marc so eine Entwicklung nehmen zu sehen. Aber eigentlich war er doch viel zu bodenständig, um einem Modetrend hinterherzurennen. Und ob ihm wirklich Grashüpfer schmeckten???

Hoffentlich hatte meine Selbstfindung nicht auch noch auf ihn abgefärbt, denn ich mochte ihn so, wie er war – abgesehen von seinen Machosprüchen. Und seinen Socken, die er immer auf der Couch liegen ließ. Auf seine Spottbraue hätte ich auch verzichten können, aber der Rest … ja, der Rest von ihm war echt passabel.

Pussy sprang aufs Fensterbrett und verstellte mir die Aussicht. Sie rollte sich zusammen und schloss die Augen. Sie ignorierte mich beleidigt. Vermutlich hatte ihr unsere ausschweifende Liebesnacht nicht so gut gefallen.

Doch ich sollte mich von der Katze nicht von meinem eigentlichen Problem ablenken lassen. Und das war Marc!

Musste ich mir also Sorgen um ihn machen? Durchlebte er etwa eine Identitätskrise? Ich würde ihn auf jeden Fall im Auge behalten. Solange er keine Videos postete, in denen er sich in lasziver Pose die Haare zu einem Dutt knotete, sah ich die Sache noch relativ entspannt. Ich musste mich nur wohl oder übel mit dem Gedanken anfreunden, auf Sex im Flugzeug zu verzichten, denn Marc wollte mit dem Auto nach Jesolo fahren. Klar! So viel Campingzubehör, wie er im Wohnzimmer verteilt hatte, würde ja auch kaum als Handgepäck durchgehen. Noch dazu bezweifelte ich, dass er mit der Gasflasche durch den Check-in kommen würde.

Allerdings fand ich die Vorstellung, diese Flasche

sechshundert Kilometer auf dem Autorücksitz durch halb Europa zu kutschieren, auch nicht gerade prickelnd.

Und überhaupt: wenn schon Camping, warum dann in einem Zelt? Ich hatte vor Längerem im Fernseher einen Beitrag über Superluxuswohnmobile gesehen. Das wäre bestimmt eher mein Fall. Mit ausziehbaren Seitenteilen, in denen sich ein Jacuzzi versteckte, und einem Sportwagen in der Heckklappe. Oder Glamping! Diese ungewöhnliche, aber durchaus reizvolle Mischung aus Camping und Glamour. Das passte doch viel eher zu mir. Schließlich war ich eine Frau mit Stil!

Doch was tat ich nicht alles für die Liebe? Offenbar machte Marc in seinem Job gerade eine schwere Phase durch, denn auch heute war er wieder ins Büro gefahren, obwohl er sonst, wann immer er konnte, zu Hause arbeitete. Ich wusste dank meiner Fotzen-Harald-Krise ganz genau, wie er sich fühlen musste. Marie lag so was von falsch! Ich verfügte über eine Riesenportion Einfühlungsvermögen. Und Verständnis. Darum würde ich ihn auch bei seinem nostalgischen Campingtrip unterstützen. Ich würde meine eigenen Wünsche und Bedürfnisse hinten anstellen und aus reiner Nächstenliebe Sex in der Wildnis haben. So wild, wie so ein Campingplatz war …

Abu Dhabi konnte warten. Und die Bilder von der Dominikanischen Republik für meinen neuen Chef würde ich mir wohl oder übel aus dem Internet herunterladen müssen.

Ich kicherte und leerte meine Kaffeetasse. Vielleicht fanden sich ja auch auf Kim Kardashians Instagram-Seite

Bilder eines Luxusurlaubs. Ich müsste dann nur ihren Hintern mit Marcs Bildbearbeitungsprogramm aufhellen und fertig wären die Urlaubsschnappschüsse.

Ich gratulierte mir zu meiner Genialität und beschloss, mich zu belohnen. Schließlich wollte ich in den Urlaub – und dabei noch gut aussehen.

Ich wusste genau, wo in München mir da geholfen werden könnte: im *Golden Sun-Bräunungsstudio*. Leider war der Schuppen wahnsinnig teuer und ich ziemlich pleite – deshalb hatte ich mir schon vor einer Woche vorsorglich eine deutlich günstigere Bräunungscreme für den Heimgebrauch gekauft. So schwer konnte das ja nicht sein! Und Marc würde es bestimmt obersexy finden, wenn ich in meinem Bikini nicht so weiß wie ein Milchbrötchen daherkäme. Entschlossen, zu einer sexy Badenixe zu werden, räumte ich meine Tasse in die Spülmaschine und ging ins Bad. Ich würde meinen käsigen Teint in rassiges Goldbraun verwandeln. Der Look würde phänomenal sein – so, wie bei den Bikini-Models auf der *Sports Illustrated.*

Mit dieser fantastischen Bräune aus der Tube und meinen langen blonden Haaren würde ich am Strand aussehen wie Pamela Anderson in *Baywatch* – nur brauchte ich keine Boje, denn ich hatte meinen Rettungsring um die Hüfte ja immer dabei.

Ich streckte meinem leicht übergewichtigen Spiegelbild die Zunge heraus und zog mich aus. Ich hob die Arme und wackelte am Oberarmspeck. Das Ergebnis war unbefriedigend und leider nicht *Sports-Illustrated*-tauglich. Eine Fettabsaugung hätte Abhilfe schaffen können. Oder Sport. Doch beides würde so spontan keine Besserung herbeiführen, also musste ich das Beste ohne diese Maßnahmen daraus machen. Wenn der labbrige Oberarm wenigstens nicht an Allgäuer Weichkäse erinnerte, sondern eher an einen golden glasierten Pfannkuchen, dann sähe die Sache gleich viel freundlicher aus. Ich schnappte mir also die Schachtel mit der Creme und fummelte den Beipackzettel heraus.

Rasieren, Haut peelen, trockene Hautstellen mit Fettcreme vorbehandeln, Bräunungscreme gleichmäßig auftragen und mindestens dreißig Minuten trocknen lassen, nicht im Gesicht anwenden …

Mist! Das klang ja regelrecht nach Arbeit. Und dabei wollte ich doch noch los und mir einen Bikini kaufen.

Ich warf einen Blick durch die halb geöffnete Tür ins Wohnzimmer, wo die Uhr am Radio blinkte. Mir blieb noch Zeit – nur nicht genug. Aber sicher ging es auch, wenn ich einzelne Schritte auslassen würde. Schließlich hatte ich ebenmäßige Haut. Was konnte da schon schiefgehen? Diese Hinweise mussten natürlich so ausführlich sein. Es gab ja Leute mit ganz anderen Ausgangsbedingungen. Mit Falten – oder was weiß ich für Zeug. Nicht, dass nachher noch jemand den Hersteller verklagen wollte. Die gingen vom Worst Case aus. Vom hautmäßigen Super-GAU. Und ich hatte auch überhaupt nicht vor, den Hersteller zu verklagen.

Ich öffnete die Tube und fing an, meine Waden einzucremen. Der Duft war angenehm und erinnerte mich sogar an Urlaub. Sehr zufrieden mit der einfachen Handhabung cremte ich eifrig weiter. Die Tube leerte sich schnell, und nachdem ich meine erste Pobacke bis hin zur

Tanga-Toleranz-Zone eingerieben hatte, fragte ich mich, wie das bisschen Creme für den Rest meines Körpers reichen sollte.

Ich musste unbedingt etwas sparsamer damit umgehen! Deshalb setzte ich mich auf den Rand der Badewanne und presste die Beine aneinander, um dem linken Bein etwas von der Bräune des rechten abzugeben. Hektisch wischte ich die noch nicht eingezogenen Cremereste vom rechten Bein zusammen und schmierte sie aufs linke. Das funktionierte ganz gut – abgesehen von den leichten Streifen, die sich nun auf dem ersten Bein andeuteten. Aber das war halb so wild – ich würde am Ende einfach überall noch mal sanft drübercremen. Jetzt galt es erst mal, eine Ganzkörpergrundbräune herzustellen. Erleichtert, mir einen guten Plan zurechtgelegt zu haben, strich ich mir die Haare aus dem Gesicht.

Shit! Ich sprang auf und sah in den Spiegel. Ahhh!

Ein brauner Streifen zog sich quer über meine Wange. Ich hastete zum Waschbecken, riss das Handtuch von der Stange und rieb darüber. Na toll! Nun hatte ich den Selbstbräuner auch am Kinn und an der Augenbraue.

„Scheiße, Scheiße, Scheiße!“, rief ich und versuchte, mit Wasser und Seife zu retten, was zu retten war. „Das ist halb so schlimm!“, wollte ich mich selbst beruhigen. Die Haut erneuerte sich doch alle paar Wochen …

Als sich die Badezimmertür öffnete, zuckte ich zusammen. Erleichtert stellte ich fest, dass nicht Marc seinen Kopf hereinstreckte, sondern Pussy. Vermutlich hatte mein Geschrei ihren Schlaf gestört. Aber das konnte ich jetzt auch nicht ändern, egal, wie mitleidig sie mich gerade anblinzelte.

„Ich hab echt ganz andere Sorgen!“, erklärte ich ihr ernst und rubbelte noch immer fest über meine Wange. Die oberste Hautschicht wurde wahrscheinlich deutlich überbewertet.

Offenbar weckte das ihr Mitleid, denn sie folgte jeder meiner Bewegungen mit einem für sie ungewohnt sanften Blick.

„Liebes Kätzchen!“, lobte ich die Killerkatze zur Abwechslung einmal und genoss den Moment der Verbundenheit – schließlich kam das nicht oft vor. Ich legte das Handtuch beiseite und musterte frustriert im Spiegel meine rot gescheuerte Wange. Der bescheuerte Bräunungsstreifen hatte sich regelrecht eingebrannt.

Mir blieb also nur eine Wahl: das ganze Gesicht zu tönen.

Zwar hämmerte mir der Warnhinweis von der Packungsbeilage „nicht im Gesicht anwenden“ im Hinterkopf, aber wer immer das geschrieben hatte, war bestimmt nicht in meiner Lage gewesen.

Dennoch begann ich nur zögernd, die Bräunungscreme mit der Fingerspitze im Gesicht zu verteilen. Sollte ich die Augen aussparen? Doch wie sähe das dann aus? Ließe sich das mit einer Sonnenbrille kaschieren? Wohl eher nicht. Und ich wollte ja auch nicht aussehen wie ein Waschbär! Darum bis ich die Zähne zusammen und cremte entschlossen weiter.

Mit nur halb geöffneten Augen tastete ich nach der Tube, die meinen glitschigen Fingern entglitt und auf den Boden fiel. Ich bückte mich, was Pussy wohl annehmen ließ, ich wollte sie streicheln. Sie sprang auf und schmiegte sich an meine Beine.

„Nicht!“, rief ich und machte einen Satz zurück. Dabei trat ich auf die Tube und stürzte rückwärts in die Badewanne, während Pussy vor Schreck maunzend das Weite suchte. Natürlich erst, nachdem sie einmal quer durch die am Boden verspritzte Bräunungscreme getappt war.

AUTSCH!

„Pussy!“, schrie ich, um sie aufzuhalten, und kämpfte mich stöhnend auf. Ich hatte Mühe, mich aus der Wanne zu befreien, denn ihr Rand war total braun und rutschig. Nun wies auch meine zweite Pobacke beige Flecken auf, und meine Hände sahen aus, als hätte ich orangefarbene Handschuhe an. Ich hätte heulen können, als ich Pussy derart verunstaltet und mit geprelltem Hintern ins Wohnzimmer folgte. Braune Pfotenabdrücke zogen sich über die Couch und den Teppich, und es war unschwer zu erkennen, dass Pussy auf ihrer Flucht über den Tisch gerannt und am Schrank hinaufgesprungen war.

Was für ein Chaos!

Frustriert humpelte ich ins Bad zurück, schloss die Tür diesmal richtig und machte mich daran, die Creme von den Fliesen zu wischen, um damit den Rest meines zweiten Beines zumindest anzubräunen.

Ich sah aus wie orangebraunes Fleckvieh! Wie Pocahontas mit Kriegsbemalung. Es war eine Katastrophe! Und eines stand fest! Ich würde auf jeden Fall den Hersteller verklagen!! Da mir das aber nur indirekt helfen würde, schlüpfte ich in meine Klamotten, kratzte mein letztes Bargeld zusammen und fuhr in die Stadt. Ins *Golden Sun-Bräunungsstudio*. Irgendjemand mit Fachkenntnis musste dieses Debakel ausbügeln!

Kapitel 5

Der Fahrtwind blies durch das halb heruntergekurbelte Seitenfester und wirbelte mir die Haare ins Gesicht. Ich drehte den Kopf und musterte Marc, der den Kombi seines Vaters konzentriert in Richtung Süden lenkte. Bei jedem Spurwechsel verrenkte er sich fast den Hals, denn das Auto war so voll beladen, dass durch die Heckscheibe nichts mehr zu erkennen war.

Er bemerkte, dass ich ihn beobachtete, und lächelte mich an.

„Freust du dich?", fragte er – und wie immer, wenn er mich in den letzten Tagen angesehen hatte, verkniff er sich ein Grinsen. Ich musste nicht schon wieder den kleinen Schminkspiegel in der Sonnenblende herunterklappen, um zu wissen, warum er das tat. Tatsächlich erschrak ich selbst jedes Mal, wenn ich mich irgendwo erblickte. Ich sah aus wie Roberto Blancos Zwillingsschwester! Das Weiß meiner Zähne leuchtete aus meinem dunklen Antlitz wie die der Grinsekatze bei *Alice im Wunderland*. Man bekam beinahe Angst!

Selbst die hilfsbereite Sandy im *Golden Sun*-Bräunungsstudio hatte nur eine Möglichkeit gesehen, mich wieder einheitlich einzufärben: die Bräunungsstufe *dunkle Bronze 2*.

Aber zumindest ein Gutes hatte die Sache: Ich brauchte

nun Kim Kardashians Hintern auf den Bildern nicht mehr aufzuhellen!

„Du bist doch nicht immer noch skeptisch, was das Campen angeht, oder?“, fragte Marc, dem ich bisher die Antwort schuldig geblieben war.

„Was? Nein, ich … freue mich.“

Oder sagen wir so: Ich hätte mich gefreut, wenn wir endlich da gewesen wären. Die Fahrt zog sich endlos, und mein empfindlicher Tag-Nacht-Rhythmus kam bei den unzähligen Tunnels, durch die wir fuhren, durcheinander. Ich war müde und zugleich aufgedreht. Was vermutlich der Grund dafür war, dass zwar meine Füße eingeschlafen waren, meine Blase aber auf Hochtouren arbeitete. Wir hatten deswegen schon dreimal angehalten. Eigentlich sollte ich langsam Mengenrabatt bei Sanifair bekommen.

„Was ist denn dann? Du bist so still“, hakte Marc besorgt nach.

„Was denkst du denn? Ich seh absolut lächerlich aus! Ich hab die gleiche Farbe wie die verkohlten Peniskekse an Weihnachten!“

Marc lachte, fasste aber beruhigend nach meiner Hand.

„Quatsch! Du siehst super aus. Das kommt dir nur so vor, weil ich noch überhaupt keine Sonne abbekommen habe. Du wirst schon sehen – zwischen all den Italienern wirst du gar nicht auffallen.“

Er log. Er wusste, dass ich wusste, dass er log. Aber es war trotzdem süß, dass er es tat.

„Denkst du, wenn ich nur lange genug im Chlorwasser des Pools liege, bleiche ich wieder etwas aus?“

Marcs Spottbraue hob sich, aber er war klug genug, sich

jeden Kommentar zu verkneifen.

Ich hob den Blick zu den Berggipfeln, die die Autobahn säumten. Die Landschaft veränderte sich endlich. Das österreichische Bergmassiv der Alpen wich so langsam den italienischen Ausläufern, und die Luft, die ins Wageninnere strömte, wurde allmählich wärmer. Ich hatte schon befürchtet, nicht genug warme Kleidung eingepackt zu haben. Überhaupt hatte ich nur wenig Kleidung eingepackt. Schließlich fuhren wir in den Süden.

Um das Kribbeln in meinen eingeschlafenen Beinen zu bekämpfen, legte ich die Füße aufs Armaturenbrett und kurbelte den Sitz nach hinten. Mein sommerlicher Rock rutschte mir hoch und gab viel von meinen Rihanna-gebräunten Beinen frei. Marc grinste. Klar, denn er stand total auf die Sängerin.

„Du solltest besser die Füße runternehmen", warnte er.

„Warum? Lenke ich dich ab?"

Auch wenn ich die Frage betont lasziv stellte, drängte sich mir der furchtbare Gedanke auf, dass Marc, geblendet von meiner sexuellen Ausstrahlung, den Wagen unter einen Vierzigtonner lenken könnte, der gefüllt war mit radioaktiven Chemieabfällen, die sich dann hässlich über meinen im Karosserieblech verkeilten Leichnam ergießen würden.

Schreckliche Vorstellung! Denn wenn ich gewollt hätte, radioaktiv verseucht zu werden, dann hätte ich es mir genauso gut mit dem lilafarbenen Vibrator aus Taiwan besorgen können ...

„Du lenkst mich nicht ab, Annalein", beruhigte mich Marc. „Aber mein Vater würde ausflippen, wenn er wüsste, dass du deine Füße da hochlegst.“

Ich kicherte. Und auch auf das Risiko hin, mein Leben im Wrack dieses Wagens zu beenden, klimperte ich verführerisch mit den Wimpern.

„Was bin ich doch für ein bööööses Mädchen“, flüsterte ich und war froh, mich beim Packen des Koffers *für* die Gerte mit Federpuschel und *gegen* den Dosenöffner entschieden zu haben. Schließlich musste ich Prioritäten setzen! Einen Dosenöffner konnte man sich ja bei den Campingnachbarn ausborgen – Sexspielzeug eher nicht. Oder ... vielleicht kam das ja auch auf den Nachbarn an.

Der verheißungsvolle Blick, den Marc mir zuwarf, heizte mir so ein, dass die Klimaanlage nicht länger für Ausgleich sorgen konnte. Und mir stellte sich nur eine Frage:

Wann sind wir endlich da?????

„Steck ihn rein, Anna!“, befahl Marc ungeduldig, und ich stöhnte.

Wir waren endlich am Ziel angekommen. Aber irgendwie hatte ich mir die Ankunft etwas erotischer vorgestellt. Ich hatte gedacht, wir würden aus dem Auto steigen, Händchen haltend an den Strand schlendern und uns im goldenen Licht der untergehenden Sonne bis zur Besinnungslosigkeit lieben, während die Wellen über unsere erhitzten Leiber spülten. Stattdessen kniete ich im Dreck und sollte ihn reinstecken!

„Mach schon, Anna! Fass mal mit an! Denkst du, das

Ding steht von selbst?“

Mit einem Blick auf Marcs drängendes Problem verabschiedete ich mich von meinen romantischen Vorstellungen und widmete mich dem verbogenen Hering und der zitternden Stange, die Marc mir so genervt entgegenreckte.

„Soll ich mit dem Hammer draufschlagen?“

Marc riss die Augen auf.

„Ja, nimm den Hammer? Und mach etwas Spucke ran, dann glitscht es leichter rein.“

Insgeheim fragte ich mich, was der dickbäuchige Camper auf der anderen Seite der dünnen Hecke denken mochte, wenn er uns so zuhörte. Es war sicher kein Zufall, dass immer mehr Leute hier so *rein zufällig* vorbeischlenderten und uns beobachteten.

Um diesen Blicken nicht noch länger ausgeliefert zu sein, packte ich also mit an. Schließlich hing jede Form der Intimität von diesen windigen Zeltstangen ab. Das Gestänge schien sich in den letzten zwanzig Jahren auch leicht verbogen zu haben, denn die Stangen, die zusammengesteckt werden mussten, passten nicht so wirklich gut in ihre Gegenstücke.

„Warum sind wir nicht in ein Hotel?“, fragte ich schwitzend, als Marc mir geschlagene vier Stunden später die muffige Plane über den Kopf stülpte, damit ich sie mit ausgefransten Bändern am Zeltgestänge verknotete. Und warum zum Teufel kämpfte ich mit einem Urzeitzelt aus den Siebzigern? Es gab schließlich in jedem Discounter Pop-up-Zelte!

„Hotels sind einfach nicht mein Ding. Ich genieße lieber

die Freiheit eines Zeltes. Wenn abends die warme Meeresbrise das Zelt bläht und der Mond seine Schatten bis über den Schlafsack tanzen lässt … ich finde das romantisch, Anna.“

Hm. Wie er das so beschrieb, klang das schon wieder ganz nett. Vielleicht sollte ich ihm einfach vertrauen. Er schien ja echt zu wissen, was er da tat. Er pumpte schwitzend die Luftmatratzen auf und wuchtete sie durch den schmalen Eingang. Dann schlüpfte er aus seinem verschwitzten Shirt und grinste mich verführerisch an.

„Komm! Wir machen einen Liegetest.“

Er verneigte sich vor mir, als ich mich an ihm vorbei in die dämmrige Enge unseres vorübergehenden Heims quetschte.

Der orange leuchtende Zeltstoff ließ meinen Teint wie Lava glühen, und so brauchte ich mir keine Gedanken um irgendeine Form von Beleuchtung machen. Denn Strom hatten wir hier eh nicht.

Trotzdem schaffte es Marc, dass der Funke übersprang, als er mich zu sich auf die Luftmatratze zog.

„Ich verspreche dir, Annalein …“, murmelte er und strich mir zärtlich die Haare aus dem Gesicht, „… dass du diesen Urlaub nie vergessen wirst.“

Tja, irgendwie glaubte ich ihm das sogar!

Kapitel 6

„Ciao“, grüßte ich weltmännisch jeden, der uns am Strand entgegenkam, und Marc verdrehte die Augen. „Was?“, fragte ich.

„Nichts. Du bist so süß!“ Er küsste meinen Scheitel und zog mich etwas tiefer ins Wasser, sodass uns die Wellen bis in die Kniekehlen schwappten.

Es war herrlich! Nach der Tortur mit dem Lagerbau und dem nicht sehr kreislauffreundlichen Liebesspiel im Muffzelt, bei dem ich beinahe *verglühstickt* wäre, war der Strandspaziergang eine Wohltat. Und noch dazu eine romantische Supernova! Marcs Haut schimmerte golden im Licht der untergehenden Sonne, und die Gischt auf den Wellen funkelte wie Diamanten. Der Himmel war ein roséfarbenes Aquarell, und der sinkende Glutball spiegelte sich auf der seidigen Wasseroberfläche.

Hach – wie poetisch! Wie romantisch! Wie …

„Autsch!“ Ein stechender Schmerz fraß sich in meinen Fuß. „Autsch! Au! Scheiße!“

Ich klammerte mich an Marcs Schulter und riss meinen Fuß aus dem Wasser. Ein Krebs baumelte an meiner Zehe, und mein Schmerz wurde von absolutem Grauen überdeckt.

„Ahhhhh!“ Ich schlug um mich. Wedelte mit dem Bein. „Mach ihn ab!“, kreischte ich. „Marc! Mach ihn ab!“

Kreischend hopste ich weiter und schüttelte den Fuß ins Wasser.

„Hat doch still!“, rief er beim Versuch, meinen Fuß zu fassen, aber, noch ehe er mich retten konnte, ließ die fiese Krabbe von mir ab und verschwand im aufgewirbelten Meeresgrund.

„Au!“, heulte ich und humpelte bis in die erste Liegestuhlreihe eines der vielen Hotels. Die Reihen waren verlassen – klar! Wer würde nicht die schöne, gepflegte Poolanlage dieser krebsverseuchten Salzwasserbrühe vorziehen?

Marc kniete vor mir und inspizierte meine Verletzung.

„Ist nicht schlimm“, diagnostizierte er. „Nur ein bisschen rot. Das arme Tierchen hat sich sicher zu Tode erschreckt, als du draufgestiegen bist.“

Was? Armes Tierchen? Tickte der noch ganz richtig?

Diese Killermaschine hatte versucht, mich zu zerfleischen! Hatte versucht, mich in die Tiefe zu ziehen! Ich war nur knapp dem Tod entronnen!

Tatsächlich wunderte es mich, dass hier nicht haufenweise Warnschilder am Strand aufgestellt waren.

„Das war doch nicht meine Schuld!“, verteidigte ich mich. Schließlich musste Marc verstehen, dass ich hier das Opfer war!

Marcs Spottbraue hob sich, und seine Lippen zuckten, als würde er sich ein Grinsen verkneifen.

„Na komm, Anna. Was würdest du tun, wenn dich ein gigantischer Fuß in den Sand drücken würde … drohen würde, dich zu zermalmen?“

Herzlichen Dank! Da war sie wieder. Die Anspielung auf

mein Gewicht! Mein tonnenschwerer Klumpfuß! Ganze Welten zermalmt unter meiner kleinen Zehe! Hunderte Leben ausgelöscht durch Tyrannosaurus-Anna!

„Du bist doof!"

Ich wollte nach Marc schlagen, aber er lachte nur und zog mich aus dem Stuhl hoch.

„Und du bist so süß, dass dich sogar die Krabben anknabbern wollen." Er schob seine Hände unter mein Sommerkleid und umfasste meine Pobacken. „Wer könnte das den Tierchen schon übel nehmen?", murmelte er und biss mich sanft in den Hals.

„Du lenkst ab!"

Er nickte, und sein Bart kratzte zart über meine Haut.

„Jep. Das tue ich." Er zwinkerte verschmitzt. „Denn der Krebs interessiert mich nicht die Bohne. Seit ich gesehen habe, wie die Wellen unter deinen Rock spritzen, will ich nur eines." Er griff nach meiner Hand und zog mich mit sich zurück in Richtung Campingplatz. „Dir das Salz von der Haut lecken!"

YAYYY! Das klang ja vielversprechend! Sofort war auch mir der Krebs egal, und ich eilte humpelnd hinter Marc her, getrieben von der Vorfreude auf südländische Orgasmen.

Wir erreichten den Campingplatz, und zu meiner Überraschung bog Marc nicht in Richtung Zeltwiese ab, sondern steuerte die näher gelegenen Waschhäuser an.

„Was machst du?", fragte ich atemlos und drängte mich zu einem hastigen Kuss an ihn.

„Die Duschen sind näher", gab er knapp zurück und presste mich an sich, damit ich spüren konnte, warum er es so eilig hatte.

Ich kicherte und ließ meine Hand kühn über seine Hose gleiten. Ich nahm an, dass es keine weitere Zeltstange war, die ich dort so stahlhart vorfand.

„Aber es gibt getrennte Duschen für Männer und Frauen“, warf ich besorgt ein. Auch ich wollte keine Zeit mehr vergeuden.

Marcs teuflisches Grinsen jagte mir einen hitzigen Schauer durch den Körper.

„Spürst du ihn?“, fragte er heiser. „Den Kick des Verbotenen?“

Er spähte über seine Schulter, umfasste meine Hüften und schob mich in die erste freie Damendusche.

Mein Herz hämmerte vor Aufregung, als er die Tür verriegelte und mit einer schnellen Bewegung das Wasser anstellte.

Ich quietschte, als das kühle Nass über mein Kleid rann.

„Schhht, Annalein. Sonst merkt noch jemand, was wir hier treiben.“ Er strich mir die Träger von den Schultern und ließ den Stoff mit dem Wasser zu Boden spülen. Dann drängte er mich gegen die Wand und kniete sich hin.

„Bis wohin sind die Wellen gespritzt“, fragte er, und sein heißer Atem strich über meine Schenkel.

Ich zitterte. Ein Keuchen entwich meinen Lippen, und ich ging fest davon aus, dass jeder hier in den Duschen merken würde, was wir hier trieben – besonders, wenn Marc so weitermachte …

Während der ersten Tage unseres Urlaubs schwelgte ich in seliger sexueller Befriedigung. Die Hitze des Tages übertrug sich auf unsere Nächte, und die Wellen der Leidenschaft spülten über uns hinweg wie das Wasser über den Strand. Ich schwebte auf Wolken, die es am Himmel über uns überhaupt nicht gab.

Ich war so relaxed, dass ich nicht einmal etwas essen musste. Besser konnte es nicht laufen, und ich sah gelassen über die Stehklos, die Spinnen in unserem Zelt und die muffige Zeltplane hinweg. Selbst das lautstarke Schnarchen des Mannes aus dem Nebenzelt verblasste in Anbetracht der Tatsache, dass mein lustvolles Stöhnen wohl auch ihn gelegentlich stören mochte.

Ich rollte mich auf meiner zusammenklappbaren Liege auf die andere Seite, damit meine mühsam aufgetragene Bräune nicht doch noch in Röte umschlug. Dabei beobachtete ich Marc, der sich schon seit dem Morgen irgendwie merkwürdig verhielt. Er wirkte ruhelos und tippte ständig auf seinem Smartphone herum.

Was tat er nur?

Schrieb er E-Mails? Aber wem? Er hatte doch Urlaub …

Oje! Mir dämmerte das Schlimmste. Vermutlich war er bei einer dieser Partnersuchanzeigen schwach geworden, die ständig per Mail kamen. Womöglich chattete er mit irgendeinem Fernfahrer, der sich auf seinem Profil als „vollbusige Chantal“ ausgab.

Mein Mitleid mit Marc diesbezüglich hielt sich in Grenzen, da ich mir so langsam etwas vernachlässigt vorkam.

Ich schaute ihm unter gesenkten Lidern zu, wie er seine

Badeshorts gegen Jeans und Shirt tauschte und sich gewissenhaft den Bart glatt strich. Es sah nicht so aus, als würden wir in den nächsten Minuten unsere erhitzten Leiber im Pool abkühlen.

„Was machst du?“

Marc sah auf, als hätte er eben erst bemerkt, dass ich auch noch da war.

„Was? Ich?“

Wer sonst? Den Schnarchzapfen vom Nachbarzelt meinte ich ja wohl kaum.

„Warum ziehst du dich an?“ Ich hatte mich ja recht schnell an den Campingkleidungskodex gewöhnt, der offensichtlich vorgab, dass man sich schon morgens im Bikini aus dem Zelt rappelte und bis zum Abend daran auch nichts änderte. Hätte ich das früher gewusst, hätte ich mehr Sexspielzeug einpacken können.

„Ich?“

Marc sah sich um, als erwartete er, dass abgesehen von ihm noch jemand in unserem Zelt stand.

„Hast du einen Hitzschlag, oder warum fragst du ständig, ob du gemeint bist? Wer sonst?“

Ich sah ihm an, dass er erneut fragen wollte, ob ich ihn meinte. Zum Glück ließ er es und kam stattdessen näher.

„Ich muss kurz weg“, erklärte er beiläufig und drückte mir einen knappen Kuss auf die Stirn.

Was war denn hier bitte los? So einen Kuss gaben Muttis dem Kindergartenkind zum Abschied, weil um den Mund noch Schokocreme vom Frühstück klebte. Ich hatte aber keine Schokocreme gegessen – leider!

„Was heißt, du musst weg? Wo musst du hin?“

War ja nicht so, als hätten wir hier sonderlich viel zu tun – abgesehen vom Liebesspiel und Eisschlecken – oder beides gleichzeitig. „Wo gehen wir denn hin? Soll ich mich auch anziehen?"

Er schüttelte den Kopf und sah auf die Armbanduhr.

„Nein, nein. Mach dir einen schönen Nachmittag. Ich … erklär's dir, wenn ich zurück bin."

Oh Gott! Ich sah es direkt vor mir. Marc setzte mich hier aus. Er hatte in diesem Datingportal eine heiße Italienerin kennengelernt und ließ mich nun in der Wildnis zurück. Na schön … der Campingplatz war nicht soooo wild, aber ich hatte nur ein Zelt und … und einen Koffer voll Sextoys! Ich beherrschte nicht mal die Landessprache! Ich würde nicht einmal einen Notruf absetzen können! Na gut … beinahe jeder Camper hier sprach Deutsch – aber manche kamen ja auch aus dem Osten … also Sachsen und so … Da konnte es schon mal zu Verständigungsschwierigkeiten kommen! Der Ernst der Lage war auf jeden Fall nicht zu unterschätzen.

Ich fühlte mich so hilflos wie diese nackten Paare, die im Fernsehen kleiderlos in irgendeinem Dschungel oder in undurchdringlichen Mangrovenwäldern voll mit Spinnen, Schlangen und riesigen Alligatoren ums Überleben kämpften. Ich betrieb Survival am Teutonengrill.

Obwohl ich gerade erst erfolgreich einen Tierhändlerring hochgenommen hatte, machte es mir Angst, dass Marc mich hier einfach zurücklassen wollte. Also warum tat er das?

Ich sprang auf und folgte ihm barfuß über den Schotterweg zum Auto.

„Warte doch mal!“, rief ich und trippelte hinter ihm her. „Wo gehst du hin? Wann kommst du wieder? Und … kommst du überhaupt wieder?“

Er lachte herzlich, und ein kleiner Teil meiner Ängste wich von mir.

„Klar komm ich wieder. Was denkst du denn, Annalein? Meinst du, ich überlass dich dem Pizzabäcker, der dich immer so anhimmelt, wenn wir dort zu Abend essen?“

Echt? Der Pizzabäcker himmelte mich an? Das war mir neu. Neu, aber natürlich absolut nicht überraschend, denn schließlich hatte ich dank geschmolzener Schokodrops und im Koffer zerkrümelter Kartoffelchips die ganze Woche noch keinen Süßkram in mich hineingestopft. Dazu der viele Sex und das übermäßige Schwitzen … das hatte sicherlich zusätzliche Kalorien verbrannt. Tatsächlich schlabberte meine Bikinihose schon etwas locker am Hintern, und ich musste im Pool aufpassen, sie nicht zu verlieren. Das wäre zu peinlich! Während ich mir dieses Horrorszenario ausmalte, setzte Marc sich hinters Steuer und lächelte mich entschuldigend an.

„Ich verspreche, dass ich mich beeile, ja?“ Er drückte meine Hand. „Und bitte versprich du mir, dass du nicht den Campingplatz abfackelst, während ich weg bin.“

WAS? Also das wurde ja immer schöner! Er verließ mich und stellte dabei auch noch Forderungen? Unerhörte Forderungen noch dazu! Als würde ich …

„Hier stehen wirklich viele Gasflaschen rum, also versuch zur Abwechslung, mal keine Anna-Nummer abzuziehen.“ Er grinste breit und startete den Motor.

„Idiot!“ Ich entriss ihm meine Hand. „Wenn du mir

nicht sagst, was hier überhaupt los ist, dann … dann mach ich mit dem Campingplatz, was ich will! Du wirst schon sehen, was du davon hast, mich hier einfach hocken zu lassen!“ Ich kam mir vor wie ein kleines Kind, als ich wütend mit dem Fuß aufstampfte, aber ich musste ja meinen Unmut irgendwie zum Ausdruck bringen. Der mörderische Blick, den ich Marc zuwarf, schien nicht so recht zu fruchten, denn er lachte nur.

Frustriert drehte ich mich um und stapfte (so gut es die fiesen Kiesel unter meinen blanken Füßen zuließen) zurück zum Zelt. Ich hörte, wie Marc abfuhr, und drängte entschlossen eine aufkeimende Panikattacke nieder. Schließlich wollte ich vermeiden, noch mehr zu schwitzen, als ich es ohnehin schon tat.

Und was war schon dabei? Ich konnte mich gut mal eine Weile mit mir allein beschäftigen!

Verdammt, wem machte ich hier eigentlich etwas vor? Ich konnte mich absolut *nicht* mit mir allein beschäftigen! Zuletzt, als ich das versucht hatte, hatte ich überlegt, es mit einem Riesenvibrator zu treiben oder beinahe die Wohnung mit Peniskeksen abgefackelt. Es war Zeit, der Realität ins Auge zu blicken: Allein war ich eine Katastrophe. Eine Bedrohung für die gesamte Menschheit. Ich brauchte diesen Verräter Marc, der mich hier einfach sitzen ließ! Ich brauchte ihn!

Mein Blick glitt durchs Zelt, auf der Suche nach etwas, womit ich mich während seiner Abwesenheit beschäftigen konnte. Ich könnte lesen … Meine Lieblingsromanreihe hatte ich ja im Koffer. Ich könnte … mein Blick fiel auf die Handschellen, die ich rein vorsorglich mal eingepackt hatte, und ich schüttelte den Kopf. Nein, ohne Marc waren die nicht zu gebrauchen …

Verdammter Marc!

Obwohl … was hatte mein lieber Freund gesagt? Der Pizzabäcker himmelte mich an? Im Grunde würde es ihm recht geschehen, wenn ich mich, so verlassen, wie ich war, in eine leidenschaftliche Urlaubsaffäre mit dem Italiener stürzen würde – vorausgesetzt, der sähe gut aus!?!

Ich sollte ihn mir vielleicht einmal näher ansehen.

Oh, ja! Das sollte ich unbedingt tun! Schließlich war ein sexy Pizzabäcker rein theoretisch in der Lage, gleich zwei meiner Lieblingsbeschäftigungen zu befriedigen: eine Pizza Frutti di Mare nach dem Koitus d'italiano.

Vermutlich wäre unsere Affäre so heiß, dass Marc gar nicht so unrecht hatte, wenn er sich um die Gasflaschen sorgte.

Ich kicherte, während ich in meinem Koffer nach einem passenden Outfit suchte, um mir meine zukünftigen Toyboy einmal genauer anzusehen.

„Ciao! Ich bin Anna!“, übte ich meine verführerischste Stimme und verfluchte dabei, dass sich mein italienischer Wortschatz damit auch schon erschöpfte. Ciao und Amore. Mehr brachte ich nicht zusammen. Der typisch italienische Grundwortschatz also. Aber bestimmt war das kein Drama, denn Jesolo war schließlich Teil der zivilisierten Welt. Hier sprach man Deutsch.

Doch ein ganz anderes Problem stellte sich mir, als ich meine Klamotten durchwühlte.

Ein altbekanntes Problem: meine Figur. Sollte ich zeigen, was ich zu bieten hatte, oder versuchen, meine

Rundungen etwas zu kaschieren?

An mein Bodyformingunterkleid war bei diesen Temperaturen nicht zu denken, aber der Stringtanga stand nach kurzer Überlegung auch nicht wirklich zur Debatte. In dem wackelte mein Hintern so, dass ich fürchtete, den Pizzabäcker damit seekrank zu machen. Also Jeansshorts für den Halt meiner erotischen Nutzfläche – und dafür ein tief ausgeschnittenes Top, das meine beiden frontalen Vorzüge gut zur Geltung brachte.

Zufrieden mit meiner Wahl wunderte es mich nicht, dass der Kerl, bei den vielen Frauen, die tagtäglich an ihm vorbeischlenderten, gerade auf mich ein Auge geworfen hatte. Ich war schließlich die einzige blonde Rihanna hier am Platz!

Nur das irische Traveller-Mädchen aus Reihe zweiundzwanzig konnte mit meinem Teint mithalten, doch den sah man kaum, so sehr blendete ihr pinkfarbener Glitzerfummel.

Während ich noch über die Vorzüge und Nachteile von pinkem Glitter nachdachte, machte ich mich auf den Weg zum Strandrestaurant. Auf den Weg in die Arme meines zukünftigen Lovers. Und das alles nur, weil Marc so geheimnisvoll getan hatte!

Kapitel 7

Ich schob mir die Sonnenbrille in die Haare, als ich mich an einen der Tische mit Blick auf den Pizzaofen setzte. Eine Kellnerin verstellte mir die Sicht, aber ich hatte ja Zeit. Als Profi-Spionin wusste ich, dass eine Beschattung reine Geduldssache war.

Ich überkreuzte meine Beine so, dass sie länger wirkten, und zog den Bauch ein.

Die Kellnerin trat beiseite, und ich atmete erleichtert aus. Meine mögliche Urlaubsaffäre war ganz passabel. Wäre ja noch schöner gewesen, wenn mich Marcs Verhalten in die Arme eines italienischen Harald Hittingers getrieben hätte.

Ich folgte seinen Bewegungen mit den Augen. Nein, dieser Typ war kein Harald. Er war groß – was gut war, weil ja allgemein bekannt war, dass das beste Stück bei Italienern eher nicht soooo beeindruckend war. Da der Pizzabäcker aber zumindest auf den ersten Blick recht gut proportioniert war, würde es hoffentlich keine bösen Überraschungen geben.

Ich verdrängte den Gedanken, dass allein diese Überlegungen schon eine tiefe Kerbe in meine Beziehung zu Marc schlugen. Schließlich war er selbst schuld! Und ich tat ja nichts Verbotenes – ich saß nur hier, ohne den Campingplatz abzufackeln. Genau das hatte er von mir verlangt.

Der Koch rief der Kellnerin etwas hinterher, was in meinen Ohren wie der Text eines Eros-Ramazotti-Songs klang. Seine Stimme war durchaus angenehm, und ich bekam eine Gänsehaut, als ich mir vorstellte, wie er mir nach dem Liebesspiel samtweich „Ciao“ oder „Amore“ ins Ohr flüstern würde. Vorzugsweise natürlich „Amore“. „Ciao“ direkt nach dem Sex wäre ja auch ziemlich unhöflich.

„Ciao!“, hörte ich meine Fantasie Wirklichkeit werden und hob den Blick in die funkelnden Augen des Mannes. Sein Shirt hatte Mehlflecken, und auch in seinem nachtschwarzen Haar hing etwas von dem hellen Staub. Er lächelte mich offen an – was irritierend war. Er konnte wohl kaum meine Gedanken lesen, oder?

„Hi!“, presste ich verlegen heraus und schubste mit einem Wisch den Engel beiseite, der auf meiner Schulter saß und mir ins Ohr flüsterte, dass ich Marc liebte.

Als brauchte ich einen Engel, um mir das in Erinnerung zu …

Holla, der Pizzabäcker hatte aber tolle Oberarme! Er stützte sich lässig auf den Stiel dieses *Pizza-in-den-Ofen-Schiebers* und zeigte dabei seine Muskeln.

„Ciao, bella. Come stai?“

Die Worte aus seinem Mund klangen poetisch. Ciao, bella – das kannte ich. Mein italienischer Wortschatz war demnach größer, als ich gedacht hatte. Da war es fast schon egal, dass ich den ganzen Rest nicht verstand.

Ich lächelte, erhob mich möglichst elegant und trat an den Tresen.

„Ciao“, flötete ich zurück und drückte die Brust raus.

So ein kleiner Flirt tat meiner verwundeten Seele wirklich gut. Und das Risiko, eine Bedrohung für die Menschheit zu sein, minimierte sich, wenn ich in Gesellschaft war.

„Piacere! Sono Andrea. E tu?“

Hä? Das war zu schnell. Was hatte er gesagt? Der Anblick seines Bizeps lenkte mich ordentlich ab.

Er lachte. Offenbar entging ihm meine Verunsicherung nicht.

„Scusi! Sei tedesca?“

Was???

Er zeigte auf mich.

„Deutscheland?“, fragte er und zwinkerte mir dabei verschmitzt zu.

Gott sei Dank! Ich hatte bereits befürchtet, mein Plan, Marc mit dem Italiener eifersüchtig zu machen, würde an der unüberwindbaren Sprachbarriere scheitern.

„Ja, ich bin Deutsche.“

Natürlich konnte er das nicht wissen – ich sah ja aus wie eine Latina. Vermutlich war das auch der Grund für sein Interesse an mir. Mein Teint ließ auf lateinamerikanischen Hüftschwung und Salsa im Blut schließen …

„Sono Andrea“, wiederholte er.

Ganz offenbar hielt er mich für eine Andrea. Wer immer die auch sein mochte.

„No, no!“ Ich schüttelte den Kopf. „Anna!“, erklärte ich und deutete auf mich.

„Piacere!“ Er reichte mir die Hand. „Sono Andrea.“

Och nö! Er hielt mich immer noch für Andrea. Er sah zwar gut aus, war aber eindeutig nicht gerade der Hellste.

„Ich bin Anna!“, erklärte ich und unterstrich das, indem ich mir auf die Brust klopfte.

Er lachte.

„Si, Anna. Piacere.“

Na also! Er hatte es kapiert. Und sein Name schien ja dann Piacere zu sein.

Ich war stolz auf mich. Selbst in den fremdesten Ländern war ich in der Lage, mich zurechtzufinden.

Piacere sah mich erwartungsvoll an. Aber was sollte ich sagen? Ich beherrschte ja nur noch ein weiteres Wort. Und Amore wollte ich so spontan nicht zur Sprache bringen. Wir kannten uns doch kaum.

„Tu prendi una vino rosso?“, fragte er und nahm zur Verdeutlichung eine Rotweinflasche aus dem Regal hinter sich.

Wie lieb! Er musste wirklich verknallt in mich sein, wenn er sich Alkohol als Wingman zur Unterstützung holte. Er wollte mich ganz offensichtlich abfüllen, um mich ins Bett zu bekommen! Yes!!!

„Vino rosso“, bestätigte ich selbstbewusst nickend und machte mir im Geiste eine Notiz, Italienisch zukünftig als Fremdsprache in meinem Lebenslauf aufzuführen. Ich war ein Naturtalent.

Er reichte mir das Glas und lächelte mich charmant an.

„Grazie!“, säuselte ich, denn die Dame am Nebentisch hatte das gerade zur Kellnerin gesagt. Noch ein Wort, das mir geläufig war!

„Questo Vino costa otto euro“, flirtete mich Piacere an und hielt die Hand auf.

Das ging zwar etwas schnell, aber weil ich sauer auf Marc

war, folgte ich Piaceres zärtlicher Aufforderung und legte meine Hand in seine. Ein harmloser Flirt – das war schon in Ordnung!

Ich lächelte, und Piaceres Augen funkelten amüsiert.

Oh ja – wir verstanden uns.

Er tätschelte meine Finger und hauchte mir einen Kuss auf den Handrücken, der mir die Röte in die Wangen trieb. Seine Zunge strich dabei über meine Haut, und sein Blick brannte sich in meinen.

Dann ließ er meine Hand los und winkte die Kellnerin zu sich. Er redete schnell mit ihr, und beide lachten.

Verwundert versuchte ich, dem Gespräch zu folgen. Was hatte Piacere vor? Bat er darum, Feierabend machen zu können, um einen leidenschaftlichen Nachmittag mit mir zu verbringen? Oder arrangierte er gerade eine italienische Ménage-à-trois? Es sah ganz danach aus, denn die Kellnerin musterte mich interessiert von oben bis unten.

Da hätte er mich vorher ruhig fragen können! Überhaupt ging das jetzt alles doch ganz schön schnell.

Sie lächelte mich an.

Ich hatte offenbar auch eine sexuelle Wirkung auf Frauen, denn sie kam näher.

„Ich will helfen“, erklärte sie und deutete auf Piacere und dann auf mich.

Als bräuchte ich da Hilfe! Ich war schließlich eine Femme fatale. Mit so einem Pizzabäcker wurde ich locker fertig.

„Danke, aber das … das ist etwas … zwischen Piacere und mir!“, wehrte ich sie ab. Ich konnte den Flirt mit ihm ja schon kaum mit meinem Gewissen vereinbaren. Wenn ich jetzt auch noch einer Frau das Herz brechen würde, dann …

„Si, ich will nicht Ihr Gespräch stören.“ Sie straffte die Schultern. „Aber der Wein, den Andrea Ihnen eingegossen hat …“ Sie deutete auf mein Glas. „… kostet acht Euro … bitte.“

Ich verstand überhaupt nichts. Jetzt fing die auch noch mit dieser Andrea an. Und warum sollte es mich interessieren, wie viel Piacere ausgab, um mich rumzukriegen?

Komisches Volk, diese Italiener!

„Ich bin Anna“, hörte ich mich selbst zum gefühlt hundertsten Mal erklären.

Die Kellnerin nickte.

„Si, Anna. Sie mir geben die acht Euro, denn Andrea jetzt machen Siesta.“

Andrea? Verwirrt blickte ich hinüber zum Pizzabäcker. Er winkte mir zu, übergab dieses *Pizza-in-den-Ofen-schieb-Ding* an einen pickeligen Kollegen und ging dann davon.

Hallo??? Und was wurde nun aus unserem leidenschaftlichen Nachmittag? Aus Marcs Eifersucht? Aus Amore?

„Das ist Andrea?“

War *Andrea* nicht ein Frauenname? Na, vielleicht war sein bestes Stück doch nicht so beeindruckend, wenn seine Eltern ihn nach der Geburt für ein Mädchen gehalten hatten.

Ich sah ihm nach, wie er auf ein Mitarbeiterfahrrad des Campingplatzes stieg und davonradelte – und kam mir ziemlich bescheuert vor.

Vermutlich war jede Frau, die hier ins Lokal kam, eine „Ciao, bella". Bestimmt sicherte es seinen Job, wenn er dummen Weibern wie mir ein Glas vom teuersten Wein aufschwatzte! Ich spürte noch das Kribbeln seiner Zunge auf meinem Handrücken und fühlte mich plötzlich besudelt. Dieser Mistkerl hatte sich einen Heidenspaß daraus gemacht, mich anzubaggern! Und so, wie diese Tussi hier grinste, war ich nicht die Erste, die auf seine miese Masche reingefallen war.

Sie hielt mir noch immer die offene Hand entgegen.

Ich wünschte, ich wäre tot, denn ich hatte nicht einen Cent bei mir. Nun musste ich zurück zum Zelt rennen und Geld holen, was meine peinliche Niederlage im Spiel der Geschlechter nur noch deutlicher machte!

„Acht Euro, bitte", wiederholte die Kellnerin, und ich brauchte meine ganze Selbstbeherrschung, um ihr nicht an die Kehle zu springen.

Kapitel 8

Meine Laune war auf dem Tiefpunkt, als Marc lange nach Einbruch der Dunkelheit endlich zurückkam.

Zuerst hatte ich vor, ihn nicht zu beachten und mich in meinem Schlafsack schlafend zu stellen, aber meine Neugier war stärker. Ich setzte mich auf und warf ihm einen Blick zu, der selbst Pussys Killerblick hätte alt aussehen lassen.

„Wo warst du?“, fragte ich schroff.

„Hey, Süße!“, überging er meine Frage und kam näher. Er schlüpfte aus seinem Shirt und knöpfte sich die Jeans auf. „Tut mir leid, dass es so lange gedauert hat. Ich hoffe, morgen geht es schneller.“

Wie bitte?

„Morgen? Was meinst du damit?“ Ich sprang auf, was, mit den Beinen im Schlafsack, nicht einfach war. „Du sagst mir jetzt sofort, was das Ganze hier soll, oder … oder … oder du kannst dir ein anderes Zelt zum Schlafen suchen, Marc!“

„Es ist mein Zelt, also beruhige dich, Annalein.“

„Nein! Ich beruhige mich nicht! Der einzige Grund, der mir einfällt, warum du mich in unserem Liebesurlaub so lange allein lässt, ist entweder eine andere Frau oder du machst schmutzige Geschäfte mit der Mafia!“

Marc grinste.

„Das sind, wenn man es genau nimmt, aber schon zwei Gründe“, foppte er mich und hob dabei Schutz suchend die Hände, da er ahnte, dass ich ihn am liebsten schlagen würde.

„Idiot!“

Ich war den Tränen nahe.

„Na komm, Annalein.“ Er kam zu mir und legte seine Arme um mich. „Ich weiß, dass ich dir eine Erklärung schulde. Aber ich hab den ganzen Tag noch nichts gegessen.“ Er lächelte mich an und küsste meine Nasenspitze. „Wollen wir noch ins Strandlokal gehen und ne Pizza essen? Dann erzähl ich dir alles bei einem guten Glas Wein.“

Na super! Pizza und Wein in der Strandbar! Das waren genau die zwei Dinge, die ich in diesem Urlaub in Zukunft meiden würde – aus gewissen Gründen …

„Vergiss es, Marc! Du lullst mich jetzt nicht mit Wein ein und am Ende weiß ich wieder nicht, was eigentlich los ist. Ich will es sofort wissen!“

Marc verdrehte die Augen, setzte sich aber ergeben auf die Luftmatratze.

„Na schön. Wie du willst.“ Sein Fuß streifte die leere Chipstüte, und er hob seine Spottbraue. „Waren die nicht total zerkrümelt?“

„Lenk nicht ab!“

„Okay, okay.“ Er fuhr sich verlegen durchs Haar und mied meinen Blick. „Es ist so … also …“

„Komm zur Sache!“

„Herrje, bist du heute wieder dominant! Ich dachte, dir liegt eher der devote Part …“

„Marc! Ich warne dich! Reiz mich nicht! Meine Laune ist eh schon im Keller!“

Oder genauer gesagt gute zehn Etagen unter dem Keller. Dass er hier so wenig reuig ankam, nachdem ich den schrecklichsten Tag meines Lebens durchlebt hatte, ärgerte mich. Und die Tatsache, dass ich auch schon andere wirklich furchtbare Tage erlebt hatte, milderte das auch nicht ab.

Genau genommen konnte ich inzwischen eine Liste von schrecklichsten Tagen meines Lebens anlegen. Ganz weit oben stand da der Tag mit dem Pfannenwender und Harald, dicht gefolgt von Maries Hochzeit mit dem Wassermelonen-Massaker und dem Tag, an dem mir ein russischer Krimineller einen Betäubungspfeil in den Hintern geschossen hatte. Mein Tagebuch könnte mehr Schrecken verbreiten als alle Thriller von Stephen King zusammen! Und das ganz ohne Clowns!

ES würde vermutlich schreiend vor meiner Pussy davonrennen …

„Anna?“

Hm? Ich hatte nicht gehört, was er gesagt hatte.

„Ich hab gefragt, was los ist. Warum die schlechte Laune? Nur weil ich nicht da war?“

Sein besorgter Blick sollte mich wohl besänftigen, aber das klappte nicht.

„Was heißt denn da *nur*? Ich war den ganzen Tag allein. Das war echt scheiße!“

Marc zog mich zärtlich neben sich auf die Luftmatratze und küsste mich. Langsam entspannte ich mich etwas.

„Sorry! Wenn ich gewusst hätte, dass das so lange dauert,

hätte ich dich mitgenommen.“

„Wohin denn?“

Ich würde echt gleich ausflippen, wenn er noch länger herumdruckste.

„Ich war arbeiten.“ Er zuckte mit den Schultern. „Ich hab gedacht, du kriegst das gar nicht mit, wenn ich mal kurz einen Abstecher in den neuen Hotelkomplex mache, der direkt nebenan fertiggestellt wird. Ich soll den Webauftritt für die Anlage machen und ein Konzept zur Eröffnung mit ausarbeiten. Mein Chef hat mir deshalb letzte Woche den Urlaub gestrichen. Das hier ist der Kompromiss, auf den er sich eingelassen hat. Dafür muss ich einiges vor Ort erledigen.“

„Unser Urlaub … ist also gar keiner?“

Ich war verwirrt. Ein Scheinurlaub? Pseudoerholung sozusagen?

„Nicht so richtig, nein.“ Er sah schuldbewusst zu Boden. „Es tut mir leid, Anna. Ich wollte dich nicht anlügen. Ich hab’s nur nicht übers Herz gebracht, dir den Urlaub zu vermiesen. Gerade, wo es doch in letzter Zeit so turbulent bei dir zuging.“

Sein Blick zog, und ich warf meinen Ärger über Bord. Schließlich wollte ich unseren Liebesurlaub nicht so einfach aufgeben – auch nicht für seine Arbeit. Schon gar nicht für seine Arbeit! Armer Marc!

„Macht nichts“, tröstete ich ihn und schlang ihm die Arme um den Hals. „Aber dein Chef sollte beten, dass ich ihn nicht zwischen die Finger bekomme! Der hat ja wohl Nerven! Uns einfach den Urlaub zu verderben!“

Marc grinste.

„Vermutlich wärst du auch lieber mit mir in der Karibik. Es ist also allein die Schuld deines Chefs, dass du mich nicht auf weißem Sand unter Palmen lieben kannst, die Füße im türkisblauen Wasser, und auch hinterher nicht an der karibischen Strandbar einen Mai Thai trinken kannst.

Es war wirklich unfassbar, um was wir da betrogen wurden! Armer, armer Marc!

Ich war überrascht, als er loslachte und mich küsste. „Nette Vorstellung, Annalein. Aber in Wahrheit gefällt mir Camping! Du weißt schon, das ist so ein nostalgisches Herzensding von mir."

„Echt?"

Lachend zog er den Schlafsack über uns und rollte sich auf mich.

„Ja, echt! Und du musst zugeben, dass das hier …" Sein Kuss wurde stürmisch, während er seine Hände unter mein Shirt wandern ließ. „… ja auch ganz nett ist, oder?"

Nett? So konnte man das Kribbeln schon nennen, das seine Worte und seine Berührungen in mir weckten. Darum verzichtete ich auch darauf, ihm zu erklären, dass ich Hotelbetten einer Luftmatratze vorzog und seit heute einen Groll gegen Italiener hegte. Besonders gegen die, die für Drinks Geld von mir wollten.

Ich würde sogar so weit gehen und behaupten, dass die Welt eine bessere wäre, wenn dieses kleine, unbeugsame Dorf von Galliern nahe Kleinbonum mit seinem Zaubertrank nicht so geizig gewesen wäre.

Wer brauchte schon Römer – oder Italiener im Allgemeinen … oder zumindest Italiener mit kleinem Penis!

Da sich aber gerade Marcs überhaupt nicht kleiner Penis gegen meinen Schenkel presste, verdrängte ich die unerfreulichen Gedanken an den bescheuerten Pizzabäcker und die Schattenseiten des Campings und überließ mich meinen Gefühlen.

Tatsächlich war ein Campingurlaub gar nicht so übel.

Der Schnarchzapfen aus dem Nachbarzelt hielt mich wach, und so kuschelte ich mich an Marcs Schulter und versuchte, eine bequeme Position zu finden.

„Was ist denn los, Anna? Bist du nicht müde?“ Sein Wispern klang verschlafen. Trotzdem legte er den Arm um mich und küsste meine Schläfe.

„Doch. Ich bin hundemüde, aber der Kerl sägt mal wieder einen ganzen Wald um!“

„Soll ich gehen und ihn k.o. schlagen?“, bot Marc hilfsbereit an und ballte die Hände zu Fäusten. Ich kicherte. Marc war wirklich mein Held.

„Nein, nein. Bleib lieber hier. Du bist so schön warm.“

Der Nachteil eines Zeltes lag eindeutig in der Isolation. Tagsüber konnte ich hier drin Eier braten, nachts fror ich mir dafür die Eier ab (wenn ich denn welche hätte)!

„Erzähl mir noch etwas mehr von deinem Auftrag“, bat ich und streichelte Marcs wohl definierten Bauch.

Er seufzte und schob sich einen Arm unter den Kopf. Er lächelte mich im schwachen Lichtschein an, der durch den Zeltstoff drang.

„Schlaf kann ich wohl vergessen“, murmelte er und knuffte mich leicht in die Seite. „Du Quälgeist! Was willst du wissen?“

„Was sollst du denn genau machen?“

Er zuckte mit den Schultern.

„Wenn ich das wüsste. In erster Linie soll ich der Auftraggeberin, Signora Marci, ihre Wünsche von den Augen ablesen.“

Was? Eine Signora? Klang nicht allein das Wort Signora schon sexy? Das Universum war wirklich nicht mein Freund, wenn es Marc schon wieder eine Sexbombe an die Seite stellte! Blieb nur zu hoffen, dass Signora Marci ihre besten Jahre bereits hinter sich hatte.

„Wie alt ist diese Tussi denn?“, fragte ich, um Beiläufigkeit bemüht.

„Keine Ahnung.“ Marc zögerte. „Vielleicht so dreißig? Ihr Vater ist wohl irgendein erfolgreicher Geschäftsmann, ihre Mutter ist Deutsche. Sie kennt meinen Chef noch aus ihrer Schulzeit. Darum auch der Auftrag.“

Uff! Das war ja schlimmer als gedacht! Eine Frau, genau in unserem Alter, mit reichem Daddy … der vermutlich ein echter Mafioso war – oder gab es in Italien außer den Mafiabossen noch andere erfolgreiche Unternehmer? Kaum vorstellbar!

Ich hatte also nicht so falsch gelegen, als ich mir heute Morgen Gedanken darum gemacht hatte, warum Marc weggefahren war. Es war tatsächlich eine Frau im Spiel. Und noch dazu krumme Geschäfte mit der Mafia!

Ich musste echt mal irgendeine gute Tat vollbringen, um meine Karma-Punkte aufzufüllen.

„Sie sieht verdammt scharf aus!“, schwärmte Marc und tätschelte mir den Hintern.

Was? Gings noch?

Eine gute Tat würde also bei Weitem nicht ausreichen!

„Warum erzählst du mir das, Marc?“, fragte ich gekränkt und rückte von ihm ab.

Wenn er glaubte, meinen Hintern antatschen zu können, während er von einer anderen träumte, dann hatte er sich aber geschnitten!

Er lachte leise.

„Ich dachte, wir führen eine ernsthafte Beziehung und können uns alles sagen.“

Ich schnaubte.

„Na komm.“ Er stützte sich auf den Ellbogen und sah mich an. „Du hast deinen Tanzlehrer mit Zunge geküsst und dich bei diesem Gideon Koch ins Bett gelegt. Hab ich dir daraus jemals nen Strick gedreht? Und ich sag ja nur, dass sie heiß aussieht. Mögen tu ich sie deswegen noch lange nicht.“

Oh, wie ich es hasste, den Spiegel vorgehalten zu bekommen! Ich wusste ja, dass ich nicht unfehlbar war. Dass das aber ein Freifahrtschein für Marc sein sollte, gefiel mir gar nicht.

„Du bist früher mit etlichen Weibern ins Bett, die du nicht mochtest – nur, weil sie scharf waren!“

„Ich weiß.“

Ohhh! Ich konnte Marcs Schmunzeln sehen! Vermutlich schwelgte er gerade in Erinnerungen an Sex mit *Größe-36-Weibern*!

„Aber ich hab mich doch geändert“, gab er zu bedenken.

„Du hast mich verändert, Annalein", versicherte er mir und küsste mich auf die Nasenspitze.

„Trotzdem findest du sie scharf, diese Signora?"

Er nickte ernst.

„Ich bin ja nicht blind."

„Ich wünschte, du wärst blind!"

Er lachte und beugte sich hungrig über mich.

„Und ich wünschte, du hättest mal in dich Vertrauen – oder in mich, und würdest mir glauben, dass es nur noch eine Frau gibt, für die mein Herz schlägt."

„Warum erzählst du mir dann überhaupt von dieser Tussi?"

„Weil ich nicht will, dass du denkst, ich hätte es absichtlich nicht erwähnt, wenn du morgen mitkommst und sie siehst."

„Und warum sollte ich überhaupt mitkommen wollen? Du wirst ja sicherlich beschäftigt sein … mit dieser Signora Marci."

Marc lachte drohend und legte sich mit seinem ganzen Gewicht auf mich. Ich bekam kaum Luft, trotzdem gefiel es mir.

„Du wirst mitkommen, weil ich dich bei mir haben will", erklärte er dominant. „Weil ich den ganzen Tag nur daran denken musste, dass du dich frustriert auf den Pizzabäcker einlassen könntest, wenn du nicht bei mir bist. Und – weil das Hotel gerade in allen Bereichen einen Probelauf startet, den du nicht verpassen solltest."

Ich keuchte, als er mir den Slip hinabschob.

„In allen drei Restaurants werden Probemenüs gekocht, im Spabereich kannst du dir jede Behandlung aussuchen, die du willst, und die Poolanlage gehört nur dir … wenn du möchtest. Ich muss Signora Marci nur fragen."

Oh je! Eine Zwickmühle! Alles, was Marc aufgezählt hatte, klang himmlisch, aber wollte ich wirklich in der Schuld dieser Tussi stehen? Wollte ich, dass Marc in ihrer Schuld stand?

Wie sollte ich darauf eine Antwort finden, wenn seine Küsse mich doch so ablenkten??

Kapitel 9

Ich kam mir bescheuert vor, als ich hinter Marc die marmornen Stufen des Hoteleingangs hinaufging. Wegen der Vorschriften trug ich einen orangefarbenen Sicherheitshelm, der offenbar für Kinder gedacht war, denn er quetschte meinen Kopf auf die Größe einer Erbse zusammen.

Marc trug natürlich keinen, denn er würde ja nur bei dieser Sexbombe, die mir den Schlaf geraubt hatte, im Büro sitzen.

„Ich seh bekloppt aus!“, schimpfte ich und fummelte an dem Helm herum.

„Quatsch. Dich wird doch niemand sehen. Sobald du im Spa ankommst, kannst du ihn ja abnehmen. Es geht darum, dass in den Fluren und der großen Empfangshalle noch Arbeiten an den Decken gemacht werden müssen und eben Teile herunterfallen könnten.“

Schon klar! Marc sah das locker – er hatte ja auch nicht den ganzen Morgen damit zugebracht, seine Lockenmähne in Form zu bringen, um es mit der scharfen Signora aufnehmen zu können.

„Buongiorno, Marc!“, erscholl eine rauchige Stimme hinter uns. Ich musste mich nicht mal umdrehen, um zu wissen, dass dies Signora Marci sein musste.

Verdammt! Selbst ihre Stimme klang nach purem Sex.

Marc neben mir wirbelte euphorisch herum, und ich spürte seine Aufregung.

Dieser elende Mistkerl! Und erst diese elende italienische …

Ich drehte mich ebenfalls um und erstarrte.

Mit offenem Mund stand ich da und konnte nicht fassen, was ich sah.

Eine elende italienische … Nonne!

Signora Marci war eine Nonne???? Das konnte doch nicht sein?

Aber alles deutete darauf hin. Das goldene Kruzifix um ihren Hals, ihre schwarze Ordenstracht, die auch ihr Haar bedeckte. Es musste dunkel sein, wie die schön geschwungenen Augenbrauen in ihrem engelsgleichen Gesicht.

Vor mir stand eine Nonne, die aussah wie *Monica Bellucci*! Und Marc lag ihr lechzend zu Füßen!

Wie eine Biene am Honig hing er an den Lippen der *heiligen Monica* und schien mich total vergessen zu haben. Aber das würde ich ändern!

„Marc!“, rief ich streng und eilte an seine Seite, um zu verhindern, dass diese göttliche Erscheinung sündige Gedanken in ihm weckte. „Willst du mich nicht vorstellen?“

„Äh … ja … Signora Marci, das ist … Anna. Sie begleitet mich heute.“

Was? Tickte der noch ganz richtig? Was war denn das für eine Vorstellung? Ich begleitete ihn heute? Warum erwähnte er nicht, dass ich seine Freundin war? Wo war sie jetzt, die ernsthafte Beziehung, von der er gestern noch gesprochen hatte? Kein Wort davon, dass ich die Einzige war, für die sein Herz schlug!

Dieser Mistkerl!

Signora Marci lächelte und reichte mir freundlich die Hand. Die andere umfasste den Rosenkranz, der ihr an einer goldenen Kette um den Hals hing.

Ja, Schwester! Bete nur! Und leg dich besser nicht mit mir an!

„Wie schön, Sie kennenzulernen, Anna. Ich bin Schwester Sofia. Ich hoffe, es gefällt Ihnen hier." Sie machte eine allumfassende Bewegung. „Für all jene, die mehr für irdische Genüsse übrighaben als ich, scheint dies der perfekte Ort zu sein."

„Und Sie haben dafür wohl nichts übrig?"

Ich glaubte dieser scheinheiligen Nonne kein Wort. Hatte Marc nicht gesagt, ihr Vater sei wohlhabend? Noch dazu sprach sie besser Deutsch als ich. Dabei hatte ich doch auch eine deutsche Mutter!

Sofia lächelte, und es war, als schaltete jemand einen Baustrahler an – so geblendet war ich von der Wirkung. Und Marc erst. Ich verstand leider ganz genau, was er an ihr fand.

Und das war ja soooo ungerecht! Als könnte ich es je mit einer göttlichen Jungfrau aufnehmen! Mit einer unberührten Braut Christi! Ich sah Madonna vor mir, wie sie *Like a Virgin* schmetterte … und Marc, der alles dafür geben würde, sie zu *touchen – for the very first time!*

Ich wollte mit dem Fuß aufstampfen, so himmelschreiend war diese Ungerechtigkeit.

In diesem Kampf hieß es Femme fatale gegen göttliche

Unschuld!

Femme fatale kannte Marc ja schon – aber ich ging jede Wette ein, dass sich unter all seinen bisherigen Eroberungen keine einzige Unschuld befunden hatte. Und Marc hatte die Herausforderung schon immer geliebt. Selbst bei mir war er erst aktiv geworden, als ich andere Männer in mein Leben gelassen hatte.

„Irdische Genüsse?"

Ihre samtweich gestellte Frage riss mich aus meinen Grübeleien.

„Nein, ich habe in der Tat allen irdischen Genüssen abgeschworen und mich etwas Höherem verschrieben. Das bedeutet natürlich nicht, dass mir das Irdische fremd ist. Ich wurde, wie man so schön sagt, mit dem goldenen Löffel im Mund geboren. Meine Familie ist wohlhabend, aber mir wurde sehr schnell klar, dass sich dieser Wohlstand sehr ungerecht verteilt und nur wenige Privilegierte ein sorgenfreies Leben führen können. Ich widme mein Leben all jenen, die dieses Glück nicht haben."

Ja klar! Und ich arbeitete daran, schon bald in einem aus einem Kaugummipapier und einer Sprungfeder gebauten Raumschiff den Mond zu umrunden und dabei weniger zu wiegen als Gigi Hadid!

„Großartig", schwärmte Marc und trat näher an die Nonne heran.

„Und Sie meinen damit die Touristen, die hier in diesem Nobelschuppen Urlaub machen?", fragte ich zynisch, ohne auf Marcs Schwärmerei einzugehen.

„Aber nein! Tatsächlich sollte ich überhaupt nicht hier

sein. Mein Vater wurde überraschend ins Ausland berufen und bat mich deshalb um Hilfe. Da für unseren Abt die Familie vor allen anderen Dingen steht, schickte er mich her, um den Abschluss der Arbeiten zu überwachen. Ohne Marc käme ich mir hier sogar ziemlich verloren vor."

AHHH! Dieses Miststück schaffte es wirklich, jedes meiner Argumente zu entkräften – und mich dadurch missgünstig wirken zu lassen. Sogar Marc sah mich verständnislos an.

Ich konnte es ihm nicht einmal übel nehmen. Eine Jungfrau in Not brauchte seine Hilfe! Das war echt ätzend!

Vermutlich war er ihrem Bann längst verfallen.

Und wahrscheinlich entstanden genau so diese ganzen Sekten! Durch sexy Gehirnwäsche! Nun war ich doch recht froh um den Helm – so drangen ihre scheinheiligen, sirenenartigen Gesänge vielleicht nicht bis in meine grauen Zellen vor!

„Ich denke, Schwester Sofia und ich sollten uns auch so langsam an die Arbeit machen", erklärte Marc und fuhr sich cool durchs Haar. „Mach du dir doch einen schönen Tag und sieh dich etwas um. Dort hinten ist das Spa."

Boah! Dieser Arsch wollte mich loswerden! Ich kannte den Blick genau, mit dem er die Betschwester ansah. Wann immer er früher eine seiner Flammen mit zu uns in die Wohnung gebracht hatte, um sie flachzulegen, hatte er mich mit fadenscheinigen Argumenten in mein Zimmer verbannt und war den Weibern dann mit genau diesen Kuhaugen in sein Schlafzimmer gefolgt.

Ich wusste es! Marc wollte dieser Nonne an die katholische Unterwäsche! Er wollte sie von der

Betschwester zur Bettschwester machen!

Und das nach einem Jahr wundervoll befriedigender Beziehung mit mir …

Mit Catwoman – Catness Stone – war ich ja noch fertig geworden, aber wenn sich göttliche Mächte zwischen Marc und mich stellten, schien die Sache aussichtslos.

Ich hätte an Weihnachten besser in die Kirche gehen sollen, anstatt mich unter dem Baum Santas Rute zu widmen!

Meine einzige Hoffnung bestand darin, dass diese Nonne in ihrem Glauben so tief verwurzelt war, dass Marcs Avancen ihr nicht mehr entlockten als ein erschrockenes Halleluja.

Selbst als ich eine Stunde später eine Hot Stone Massage genoss, überlegte ich noch immer in bester Dan-Brown-Manier, welche Symbolkraft es hätte, wenn ich Schwester Sofia mit einem lilafarbenen Riesendildo erschlagen würde.

Vermutlich brachten mich allein diese Gedanken der ewigen Verdammnis näher – ein Grund mehr für den Dildo-Angriff! Wenn schon in der Hölle schmoren, dann wenigstens aus gutem Grund.

Die trippelnden Schritte der kleinen Asiatin, die offenbar die Wellness- und Spa-Abteilung hier im Hotel leitete, kamen näher, und ich atmete tief ein, um aus meiner Rachefantasie zurück in die Realität zu finden.

„Alles gut?“, fragte sie in gebrochenem Deutsch und

nahm, passend zu den spirituellen Klängen im Hintergrund, die Steine langsam von meiner Wirbelsäule.

Ob alles gut war? Abgesehen davon, dass ich keine Ahnung hatte, wie ich Marc dazu bringen sollte, anstatt der Nonne mich wieder flachlegen zu wollen, war wohl alles so weit in Ordnung.

Ich nickte daher.

„Wollen noch mehr ausprobieren? Massage? Peeling? …“ Ich wollte schon ablehnen, als sie mir einen angewärmten Bademantel aus kuscheliger Baumwolle reichte. Vielleicht konnte ich meine Spionage-Fähigkeiten anwenden, Marc und seine heilige Monica Bellucci hier im Hotel ausfindig machen und mal nachsehen, was die beiden so trieben – oder hoffentlich nicht trieben.

„Oder vielleicht Sie haben Interesse an Waxing? Oder Maniküre?“

Waxing!?!

Das war doch die Idee! Mit Waxing könnte ich meine Beziehung retten!

Oh ja, ich war ein echter Männerversteher! Marc war ein Mann – ein ganz toller sogar. Aber er war eben auch ein Schürzenjäger. Einer, der zumindest früher nicht viel für Monogamie übriggehabt hatte. Er war ein Opfer seines evolutionären Triebs, und den musste ich austricksen. Nach inzwischen über einem Jahr Beziehung – und damit einhergehendem Mangel an sexueller Abwechslung (zumindest, was den Sexualpartner anging) –, erlag er vermutlich gerade dem Reiz des Neuen.

Und vielleicht konnte ich ja Marcs Penis vorgaukeln, dieses Neue zu sein, indem ich mich dort veränderte, wo sein gutes Stück hauptsächlich anzutreffen war!

Ich würde ihn quasi nach Brasilien entführen!

Brazilian Waxing hieß das Zaubermittel!

Ich sprang von der Massageliege und folgte der Spa-Mitarbeiterin in einen der angrenzenden Räume.

„Waxing klingt gut! Das will ich!"

Sie lächelte verhalten und führte mich zu einer vorbereiteten Liege.

„Wir freuen uns, dass Sie unseren Service testen", erklärte sie. „Sie kennen Waxing? Haben schon gemacht?"

Gemacht? Nein. Aber ich hatte mir schon die Beine mit Warmwachs enthaart. Ich kannte mich aus.

Ich nickte also – sie musste mich ja nicht für ein Landei halten. Immerhin hatte ich alle Folgen von *Sex and the City* gesehen und wusste, dass ich mich auf einen kleinen schmerzhaften Ruck einstellen musste. Aber für Marc tat ich das gerne.

„Wollen Sie Warmwachs oder Halawa?", fragte sie und bat mich, den Bademantel zu öffnen.

Warmwachs? Halawa? Was war denn das? Und wo lag der Unterschied. Offenbar kannte ich mich doch nicht so gut aus.

Da ich eine Antwort schuldig blieb, setzte sie zu einer Erklärung an, während sie mir einen kochend heißen, feuchten Lappen zwischen die Beine presste.

„Autsch!!"

„Wachs nicht so gut sein für die Haut. Halawa sein Zuckermasse – besser für die Haut."

Ich befürchtete ja, dass meiner Haut jetzt ohnehin jegliche Behandlung egal sein würde – schließlich wurde sie gerade schon verbrüht. Ich keuchte und zuckte zusammen, aber die Folterknechtin drückte einfach weiter.

„Das öffnen die Poren und weichen dic Haut auf. Das bedeuten weniger Schmerz“, erklärte sie, mitleidlos lächelnd.

Na klar! Weil mehr Schmerz ja auch nicht mehr ging!

Warum legte diese Domina eigentlich kein Safeword fest?

Autsch! hatte ja schon mal keine Wirkung auf sie gezeigt.

„Wollen Zucker oder Wachs?“

„Ich nehm dann lieber Zucker“, erklärte ich unsicher, denn das entsprach einfach mehr meinem Naturell. Außerdem bekam ich so langsam Hunger. Es wurde Zeit, auch mal die Restaurants zu testen … vielleicht, nachdem ich Marc hinterherspioniert hatte …

Endlich nahm sie den heißen Lappen weg, und ich japste nach Luft und wagte einen Blick. Mein Venushügel sah aus wie ein gekochter Hummer.

Doch mir blieb nicht viel Zeit, das zu bemängeln, denn schon bekam mein Hummer einen Zuckerguss verpasst – unter anderen Umständen eine recht reizvolle Kombination, zumindest geschmacklich …

Geübt verteilte die Asiatin großzügig die handwarme Paste, und ich bekam allmählich Angst.

Sah ich so ganz ohne Haare in der südlichen Region nicht aus wie ein gerupftes Huhn? Und wie sähe das dann überhaupt aus? Ich hatte mich seit Jahren nicht besonders für die Optik meiner Schamlippen interessiert. Womöglich waren die gar nicht so der Hingucker …

Schließlich hatte ich mal in einer Zeitschrift von einer

Frau gelesen, die sich die Schamlippen für ihren jüngeren Lover hatte liften und mit Collagen aufspritzen lassen!

Oh Gott! Was, wenn meine fast wie Schlupflider nur so herumlabberten? Mein Bindegewebe war eh nicht so super. Vermutlich konnte ich sie wie Vorhänge aufrollen und mit einem Piercingring oben befestigen … Aber so ein Piercing würde Marc am Ende an die Tussi aus dem Onlineportal erinnern, mit der er kurz vor unserer Beziehung noch rumgemacht hatte. Das wollte ich ja nun auch nicht.

Das alles brachte ganz schöne Probleme mit sich!

Ich hatte das mit dem Waxing wohl doch nicht so ganz beda…

„AAAAAAAAAAAHHHHHHH!"

Mein Schrei hallte laut durch die leeren Korridore, als die Tussi an dem Zuckerguss riss.

„Ah! Ahhhhhh! Verdammte Scheiße!"

Ich hatte mich getäuscht! Mehr Schmerz war sehr wohl möglich! Mein Hirn setzte aus, und mein Magen krampfte sich zusammen. Ich drohte, mich auf die Asiatin zu übergeben, die in aller Seelenruhe nun die Zuckermasse auf der anderen Seite meines Schambereichs auftrug.

Entsetzt starrte ich auf die nun haarlose Hälfte meiner Spielwiese, die glühend rot und wund, vor Schmerzen pulsierend, gar nicht so ansehnlich wirkte. Es war gruselig!

Nichts auf der Welt hätte mich dazu gebracht, da hinzufassen. Und warum sollte es Marc anders gehen?

Mir fiel es wie Schuppen von den Augen!

Ich hatte meine gemütliche, kuschelige, haarige Pussy in so eine eklige Nacktkatze für Allergiker verwandelt, bei deren Anblick jeder Tierfreund nur fassungslos den Kopf schüttelte.

„Ahhhhh…“ Ich merkte erst jetzt, dass ich immer noch schrie. „Ahhhh…“, senkte ich langsam die Stimme und holte Luft. Ich glitt fast von der Liege, so schwitzte ich plötzlich. Der Bademantel kam mir wie eine Zwangsjacke vor, und ich stand kurz vor einem klaustrophobischen Anfall.

„Gleich vorbei“, erklärte die Chinesin lächelnd, ehe sie auch den Rest meiner ehemals goldenen Haarpracht meinem geschundenen Körper entriss.

„Ahhhhhh…!!!“

Ich hätte angenommen, dass die Nerven in dieser Region irgendwann nicht mehr in der Lage wären, noch mehr Schmerz ans Gehirn weiterzuleiten. Aber da hatte ich mich getäuscht.

„Stopp!“, schrie ich wie eine Furie, als sie erneut die Zuckermasse in den Händen knetete. „Bleib bloß weg von mir!“ Ich raffte den Mantel um mich und wälzte mich keuchend von der Liege.

„Nicht wollen Haare entfernen bis zum Damm?“

Ahhhh! Allein die Vorstellung zwang mich in die Knie, und ich hielt mir schützend die Hände vor den Schritt.

„Verdammt, nein! Ich will, dass Sie dieses Zuckerzeug von mir fernhalten!“

„Anna?“ Marc stand atemlos in der Tür und sah mich mit großen Augen an. „Was ist passiert? Bist du verletzt? Warum schreist du so? Man hört dich im ganzen Hotel!“

„Ich kann nicht fassen, dass du das getan hast!“ Marc schüttelte den Kopf und blieb stehen. Er ächzte, als er mich neu in seinen Armen positionierte. Ich versuchte wirklich, mich so leicht wie möglich zu machen, aber der Weg vom Hotel zum Campingplatz zog sich ganz schön hin.

„Soll ich laufen?“ Ich bot es an, obwohl ich nicht wusste, wie ich das hätte machen sollen. Es brannte wie Feuer, und jede Bewegung war die Hölle. Außerdem trug ich noch immer nur den Bademantel, weil ich mich unter keinen Umständen in diesem Zustand in eine Hose hätte zwängen können.

„Du bist echt nicht gerade leicht, Annalein“, gab er stöhnend zurück, schleppte mich aber weiter.

Ich zuckte mit den Schultern.

„Immerhin bin ich jetzt leichter als vor der Behandlung!“

„Worüber wir im Zelt unbedingt noch mal sprechen müssen“, erklärte Marc streng.

Was meinte er? Mein Gewicht oder meine fehlende Haarpracht? An beidem konnte ich jetzt auf die Schnelle eh nichts ändern, also worüber wollte er da sprechen?

„Ich weiß nicht, was du meinst, Marc“, gab ich mich souverän. „Ich bin eine erwachsene Frau – ich kann tun, was ich will.“

Er blieb stehen und stellte mich schnaubend ab. Ich zuckte vor Schmerz zusammen.

„Autsch!“

„Wenn du so erwachsen bist, warum schlepp ich mir hier dann nen Wolf?“ Er klang eingeschnappt.

„Es tut echt weh, Marc!"

Er würde mich doch wohl jetzt nicht laufen lassen!?

Seine Spottbraue hob sich.

„Ich dachte, du stehst auf Schmerzen", foppte er mich und gab mir einen Klaps auf den Hintern.

„Autsch!" Ich funkelte ihn böse an. „Lass das! Ich meine es ernst. Das tut höllisch weh!"

„Warum hast du das dann gemacht? Was hast du denn gedacht, wie die Dame die Haare da wegmacht? Hätte sie ein glitzerndes Einhorn schicken sollen, das Zauberstaub draufpustet – und alle Haare wären weg?"

„Ein gutes Hotel hätte genau das gemacht!", knurrte ich wütend. Verstand der Idiot denn nicht, dass ich das nur für ihn gemacht hatte?

„In Disneyland hätten sie es vielleicht so gemacht", gab er grinsend zu und hob mich wieder hoch. „Halt dich fest, damit ich deinen haarlosen Hintern endlich nach Hause schaffen kann."

Ich grinste und schmiegte mich an ihn.

„Mein Hintern war schon immer haarlos!"

Marc lachte und zwinkerte mir verschmitzt zu.

„Du wirst erlauben, dass ich mir davon gleich selbst ein Bild mache."

Das klang zwar verführerisch, aber ich schüttelte dennoch den Kopf.

„Die Spa-Tussi hat gesagt, ich darf vierundzwanzig Stunden keinen Sex haben", erinnerte ich ihn bedauernd. Hätte sie mir das früher mitgeteilt, hätte ich dieses scheiß Waxing nie in Betracht gezogen. Es war wohl ziemlich kontraproduktiv, gerade dann enthaltsam sein zu müssen, wenn der Freund wollüstige Fantasien mit einer Nonne ausleben wollte. Das trieb ihn ja geradezu in die Arme dieser Frau!

„Außerdem hast du mir verschwiegen, dass die Tussi, die du so scharf findest, eine Nonne ist!"

„Was tut das zur Sache?" Er schien irritiert.

„Wie soll ich da mithalten können?", fragte ich verbittert, und Marc runzelte die Stirn.

„Du musst doch mit niemandem mithalten. Ich weiß nicht, was mich an der Vorstellung so anmacht, aber du musst dir auf keinen Fall Sorgen machen. Ich will nur dich! Versprochen!"

Hm. So richtig beruhigend war das nicht.

„Wirklich?"

„Herrgott, Anna. Sie ist eine Nonne! Reicht das nicht, um dich zu beruhigen? Das ist doch nur eine Jungsfantasie … Das ist nicht echt! Du bist echt! Und ich liebe dich!"

„Ja, aber wir können heute nicht …"

„Ich hab gehört, was die Dame gesagt hat", keuchte er, als wir endlich das Zelt erreichten. Er stellte mich auf die Füße und zupfte an dem Bademantel, worauf dieser auseinanderglitt und den Blick auf mein glühend rotes Brasilien freigab.

„Autsch!", flüsterte er schmunzelnd und sog gepeinigt die Luft ein.

Ich grinste. „Das hab ich auch gesagt."

„Na, siehst du, Annalein, wir sind tatsächlich seelenverwandt. Wir denken und sagen sogar schon das Gleiche. Weißt du … was ich noch denke?" Er sah mir tief in die Augen, und meine Knie wurden weich. „Ich denke, ich sollte …“ Er schob mich ins Zelt und zog den Reisverschluss hinter sich zu. „… ich sollte vielleicht besser deine Wunden lecken.“

Kapitel 10

Den nächsten Vormittag verbrachten Marc und ich am Strand. In der nagelneuen Pop-up-Strandmuschel, die Füße im Sand, ließ es sich ganz gut aushalten. Ich schmökerte in einer deutschen Klatschzeitung und lauschte mit halbem Ohr dem Streit des Pärchens neben uns. Sie ärgerte sich, dass er gestern unbedingt hatte grillen wollen, sie aber heute den ganzen Morgen den Grillrost hatte schrubben müssen.

Ja, die Tücken des Campinglebens! Bei uns gab es seit Tagen entweder Ravioli aus der Dose oder Pizza von diesem elenden Pizzabäcker Andrea – die Marc holen musste, denn ich hatte mir geschworen, nie wieder einen Fuß in die Nähe von Andreas Pizzaofen zu setzen. Diese Peinlichkeit konnte ich mir ersparen.

Unser schneller Aufbruch gestern im Hotel hatte ja zur Folge gehabt, dass mir die kulinarischen Genüsse dort verwehrt geblieben waren – was vielleicht gar nicht so schlecht war, denn mir hatte nicht gefallen, wie Marc und die Nonne zum Abschied die Köpfe zusammengesteckt und getuschelt hatten. Da war was im Busch, das war klar! Immer wieder hatte sie zu mir herübergesehen und Marc dann trotzdem die Hand auf die Schulter gelegt. Eine biblische Plage!

„Geht's dir gut?", fragte Marc und ließ etwas Sand auf

meinen Rücken rieseln. Als ich aufsah, lächelte er mich an.

„Ja. Es ist so schön hier."

Marc grinste.

„Es wäre noch schöner, wenn ich hierbleiben könnte. Aber die Arbeit ruft."

Wieder ließ er Sand über meinen Rücken rieseln, und ich schloss genießerisch die Augen. Das war herrlich!

Ich war im absoluten Urlaubshimmel!

„Und wenn du einfach krankmachst?" Ich wollte nicht, dass er wieder zu dieser Ordensschwester ging.

Immer, wenn ich gerade das Gefühl hatte, zwischen uns könnte es nicht besser laufen, kam irgendeine Frau dazwischen! So wie jetzt.

„Das kann ich nicht. Aber heute geht es schnell. Die Website ist fast fertig. Ich muss sie nur noch online stellen, ein paar Vorbereitungen für morgen treffen und sehen, ob alles läuft. Dann bin ich wieder hier."

„Soll ich mitkommen?" – *und dich im Auge behalten*, fügte ich im Geiste hinzu.

„Nein. Heute nicht. Du würdest dich langweilen."

Ha! Das glaubte ich kaum! Er wollte mich ganz offensichtlich nicht dabeihaben!

Ich machte einen Schmollmund und cremte mir das Gesicht mit Sonnenmilch ein.

„Na komm, ich reibe dir den Rücken ein, ehe ich gehe", schlug er versöhnlich vor.

Da ich ja unter keinen Umständen noch brauner werden wollte, reichte ich Marc die Tube. Er strich mir zärtlich den Sand von der Haut und verteilte die Creme. Dann küsste er mein Schulterblatt und stand auf.

Er sah wirklich nicht so aus, als würde er hinter meinem Rücken eine Nonne verführen wollen! Dieser Schauspieler!

„Bis nachher. Und, Anna …“

„Ja?“

„Du gefällst mir so, wie du bist. Hör also auf, Experimente zu machen, okay?“

Ich streckte die Zunge raus und sah ihm nach, wie er über den Strand zurück zum Zelt ging. War ja kein Ding. Ich konnte gut eine Weile hier allein …

Oh Gott, war mir langweilig!

Meinen Roman kannte ich schon fast auswendig, frisch eingecremt war ich – und Hunger hatte ich ausnahmsweise auch mal nicht. Womit sollte ich mir also die Zeit vertreiben?

Ich zählte Frauen, die oben ohne am Strand lagen – oder sogar Ball spielten , was sie meiner Meinung nach besser lassen sollten.

Gruselig!

Danach zählte ich die Männer, die diese Frauen anglotzten. Dann die armen Kinder mit Sonnenbrand – da gab es leider deutlich zu viele! Und endlich … fiel mir der „Salvataggio“ (wie es groß auf seinem Shirt stand) ins Auge, der in der Nähe seines Aussichtsturms auf und ab ging. Die rote Rettungsboje unter dem Arm, teilte er die sandburgbauende Kinderschar wie Moses das Meer.

Holla!

Ich setzte mich auf und schob mir die Sonnenbrille vor die Augen, damit er nicht merkte, wie ich ihn beobachtete – alter Geheimagenten-Trick!

Der Typ war echt lecker!

Er drückte die Brust raus und watete vollkommen arrogant – in dem Wissen, ein echter Held zu sein – durchs knietiefe Wasser. So eine selbstverherrlichende Inszenierung brachten nur wenige zustande: Rockstars, italienische Politiker und Rettungsschwimmer!

Als bekennender *Baywatch*-Fan sprang direkt der Soundtrack der Serie in meinem Kopf an, und ich sah David Hasselhoff und Pamela Anderson lasziv an mir vorbeijoggen. Spontan überlegte ich, ins Meer zu gehen und einen Schwächeanfall vorzutäuschen, um mir den Nachmittag mit erotischer Mund-zu-Mund-Beatmung zu vertreiben, aber ich musste zuerst die Creme noch etwas einziehen lassen. Schließlich verstärkte Salzwasser die Sonnenbrandgefahr.

Während ich mir sämtliche erotischen Szenen im Zusammenhang mit Seenotrettung ausmalte, fragte ich mich, warum sich Marc eigentlich keine rote Badehose gekauft hatte. Sah doch wirklich sexy aus …

Am Ende des Strandabschnitts blieb der Rettungsschwimmer stehen und ließ wie im Fernseher die Boje auf seiner Hand kreisen.

Seufz! Ich stand kurz vor einem optischen Orgasmus! Wenn er jetzt noch ins Wasser rennen und dann mit einem eleganten Satz einen Kopfsprung über den Wellenkamm machen würde, dann …

Verdammt, Anna! Beherrsch dich endlich! Ich brauchte ja gar nicht über Marc und die Nonne schimpfen, wenn ich selbst so verruchten Gedanken nachhing. Und aufstehen würde ich jetzt auch nicht können, denn meine Brustwarzen waren so hart, dass ich Angst hatte, sie könnten den Bikinistoff beschädigen.

Ich zwang mich also, wieder die vom Sonnenbrand geplagten Kinder anzusehen, denn das kühlte jeden erotischen Gedanken ab.

Ich mochte im wahrsten Sinne des Wortes nicht in deren Haut stecken!

Da der Salvataggio sich nach dem Schaulaufen wieder auf seinen Aussichtsturm zurückzog und meine Brustwarzen zur Vernunft gekommen waren, ergab ich mich meiner Langeweile und beschloss, einen kurzen Spaziergang am Strand zu machen. Dass mein Weg mich dabei am Hotel der Nonne vorbeiführen würde, war reiner Zufall.

Ich packte das Handtuch in die Tasche und machte mich daran, die Pop-up-Strandmuschel zusammenzufalten, nachdem ich geschlagene fünf Minuten die Illustrationen der Anleitung studiert hatte.

Konnte nicht so schwer sein.

Die äußeren Zeltenden aufstellen, zum Halbkreis ziehen, ineinander drehen und nach unten biegen. Danach die neu entstandene Biegung mit der linken Hand aufnehmen und im Uhrzeigersinn gegen die Bögen in der rechten Hand bewegen. Nun nur noch den ganzen Kram übereinander drücken und wiederum ineinanderschieben. Dann ab in die Tasche damit und fertig!

Ein Kinderspiel!

Nachdem ich also genau wusste, was zu tun war, griff ich nach dem Sonnenschutz und …

Uff!

Eine Windbö hob die Strandmuschel an und blies mir

den ganzen Sand, der dadurch aufgewirbelt wurde, auch ins Gesicht.

Mist! Ich ließ die Strandmuschel fallen und tastete blind nach dem Handtuch in meiner Tasche. Überall auf meiner eingecremten Haut klebte Sand! Ich fühlte mich wie ein paniertes Schnitzel!

Mein Auge tränte, da ich mir nun offenbar auch noch Sonnenschutz hineingerieben hatte, aber mir blieb keine Zeit, mich zu bemitleiden, denn die nächste Bö wehte meine Strandmuschel über den Strand.

Ich warf dem untätigen Salvataggio einen bösen Blick zu. Sah er denn nicht, dass ich ein echtes Problem hatte?

Als ich die Strandmuschel endlich eingeholt hatte, warf ich mich auf sie und versuchte liegend, eine Alternative zu der vorgeschriebenen Falttechnik zu finden, die ich eh schon wieder vergessen hatte.

Schieben, drücken, ineinanderfummeln und …

„Autsch!“ Das Muschelding ploppte mir ins Gesicht und drohte, mich zu verschlingen. Ich schlug um mich und presste mein Bein auf den sich aufbäumenden Metallbogen. Der Stoff riss, und der Biegedraht peitschte mir gegen den Schenkel.

„Verfickte Sch…“

Ein Kind mit Wassereimer rannte an mir vorbei, darum verkniff ich mir den Fluch und rappelte mich auf. Die Strandmuschel nahm mit einem triumphierenden *Plopp* wieder ihre Ursprungsform ein.

Das alles war doch eine riesige göttliche Verschwörung, um zu verhindern, dass ich mitbekam, was zwischen Marc und der heiligen Sofia war.

Das bestätigte mich in meinem Verdacht, dass wirklich etwas lief – und das wiederum bereitete mir Kopfschmerzen! Schlecht gelaunt packte ich die Strandmuschel, knüllte sie mir so gut es ging unter den Arm, ignorierte, dass ich mit der nicht zusammengefalteten Hälfte, die ich hinter mir her schleifte, bei jedem Schritt die oberste Sandschicht des Strandes abtrug, und schleppte das doofe Ding zurück zum Zeltplatz.

Die Lust auf eine Beschattung war mir gründlich vergangen.

Nur eine Stunde später war ich froh, mich nicht nahe des Hotels auf die Lauer gelegt zu haben, denn Marc kam gut gelaunt zurück. Sein Einsatz bei der Italienerin war wirklich schnell vorbei. Da ich nicht annahm, dass die Italienerin ihre Jungfräulichkeit für einen Quickie geopfert hatte, musste Marc abgeblitzt sein. Dem Himmel sei Dank!

Das hob meine Laune wieder ein wenig.

„So, das war's!", erklärte Marc überschwänglich. Er hob mich hoch und küsste mich stürmisch. „Zieh dir was an. Wir gehen in die Stadt. Shoppen!"

WAS?

Ich wurde stutzig. Wenn Marc freiwillig shoppen gehen wollte, dann war etwas faul. Hatte er bei der Nonne etwa doch landen können und versuchte nun, sein schlechtes Gewissen zu beruhigen?

„Warum?" Ich hörte selbst, dass ich misstrauisch klang.

Er grinste.

„Weil wir morgen Abend zu einem vornehmen Empfang auf der *Adriatica* gehen werden. Schwester Sofia will dort die Heinis vom Tourismusverband und der Presse davon überzeugen, dass das Hotel ihres Vaters das Beste ist, was die italienische Adriaküste zu bieten hat. Es soll sogar ein Feuerwerk über dem Meer geben."

Wow! Das klang super. Allerdings hatte Marc recht – wir mussten shoppen gehen, denn für einen solchen Anlass brauchte ich unbedingt neue Schuhe!

Kapitel 11

Ein Empfang auf einer Jacht! Das würde sich echt gut machen, wenn ich meiner Mutter und Marie davon erzählen würde. Wo doch meine Schwester sonst immer diejenige war, die solche Nobelsachen erlebte. Bestimmt würde sie sterben vor Neid! Oder zumindest vor Groll eine Falte auf der Stirn bekommen. Wenn sie denn noch am Leben war … Das war nicht selbstverständlich, immerhin hatte ich Pussy bei ihr untergebracht.

Doch an Marie wollte ich jetzt lieber nicht denken. Ich musste mich konzentrieren, damit ich auf meinen neu erworbenen italienischen High Heels nicht ins Straucheln geriet. Ich hatte ja nur Badelatschen eingepackt – und die waren nun wirklich nicht Jacht-tauglich. Das hatte sogar Marc eingesehen. Darum trug ich zu meinem leicht underdressten Sommerkleid neue italienische Designerschuhe mit Mega-Absatz. Damit erreichte ich fast den Himmel, was mich vielleicht auf eine ähnlich göttliche Ebene stellte, auf der auch die Ordensschwester zu schweben schien.

„Zweihundert Euro für nen Schuh, mit dem du nicht mal laufen kannst!“, murmelte er dennoch verständnislos, als ich mich Halt suchend an ihn klammerte, während wir über die Metallplanke an Bord gingen.

„Es ist nicht ein Schuh! Es sind zwei!“, verbesserte ich

ihn, weil ich keine Lust hatte, mich deswegen zu streiten. „Außerdem hast du gesagt, dass dein Chef deine Geschäftskosten übernimmt. Das ist doch quasi Dienstkleidung!“

Es war ja nicht so, als wären wir nur zu unserem Vergnügen hier. Marc sollte schließlich die Hotelpräsentation überwachen und dafür sorgen, dass der Projektor den Vortrag auch entsprechend auf die dafür vorgesehene Leinwand warf.

„Es würde vielleicht gerade noch so als Dienstkleidung durchgehen, wenn *ich* die Teile tragen würde!“

„Da haben wir es! Du bist neidisch, dass es mein Bein ist, das in diesem Traum von einem Schuh so elegant betont wird!“

Marc verdrehte die Augen. „Erwischt! So muss es sein!“

Wir schlenderten, so gut es meine Pumps zuließen, übers Partydeck, und ich kam echt aus dem Staunen nicht mehr raus. An der Vorderseite – wie hieß das? Bug? Oder war der Bug die Unterseite? Na, jedenfalls dort, wo die Reling verhinderte, dass man direkt vors Schiff fiel, würde mich Marc später in cineastischer Pose zur Königin der Welt erklären! Hach, ich sah es direkt vor mir, wie ich mich, Kate Winslet gleich, mit ausgestreckten Armen über den Ozean erheben würde … nur, dass der Ozean eben die Adria war …

Dann würden wir uns unter Deck schleichen, wo er mich, nackt auf einem Sofa liegend, zeichnen würde …

Marc war aber eher der Technikfreak. Er würde mich wohl nicht unbedingt zeichnen – aber fotografieren. Und im Grunde kam das ja auf das Gleiche raus. Für ein Foto musste man auch nicht so lange rumliegen!

Ich atmete tief den Duft von Luxus ein und fühlte mich dabei wie auf der Titanic – nur ohne Eisberg. Das hoffte ich zumindest! Aber selbst wenn, es hieß ja, Frauen und Kinder zuerst – und da ich hier nirgends Kinder sah, standen meine Chancen auf Rettung recht gut.

Armer Marc – aber er war ja ein ausdauernder Schwimmer …

Unter glänzenden Lichtern und dem funkelnden Sternenhimmel wurden Champagner, Häppchen mit Hummercreme – die der ganz in Schwarz gekleidete Model-Kellner als *Hors d'œuvre* bezeichnete, gereicht. Überhaupt versprühte der Empfang eher französischen Chic, als dass ich ein italienisches Hotel dahinter vermutet hätte. Keine Spur von Tortellini mit Schinken-Sahne-Soße – oder Pizza. Nur der italienische Alleinunterhalter gab sich große Mühe beim Covern italienischer Hits. Ich wippte im Takt mit den Hüften und schob Marc möglichst unauffällig immer dem Kellner mit den Häppchen hinterher.

Es würde doch hoffentlich noch etwas Richtiges zum Essen geben! Auf leeren Magen prickelte der Schampus sich direkt in mein zentrales Nervensystem. Es waren nicht nur die Wellen, die den Boden – oder vielmehr die Jacht – unter meinen Füßen wanken ließen.

„Ciao, Marc!“, trug der Wind die sündige Stimme der Heiligen an mein Ohr. Sofort wandte der sich um und brachte mich dabei fast aus dem Gleichgewicht.

„Ciao, Schwester Sofia“, erwiderte er ihren Gruß und küsste ihr höflich die Hand.

Boah! Ich hätte kotzen mögen. Ciao!!! Als wäre er der zweite Eros Ramazzotti – dabei schnitt er seine Spaghetti immer klein.

„Ciao, Anna", bemerkte sie meine Anwesenheit – aber ich verzichtete natürlich darauf, mich ihr anzubiedern und nickte nur beiläufig. Schließlich gab es auf dieser Jacht so viel Interessantes zu sehen …

„Der Empfang ist ein voller Erfolg", belauschte ich trotz meines zur Schau gestellten Desinteresses jedes ihrer Worte. „Ich würde dich gerne einigen Leuten vorstellen. Dem Bürgermeister von Jesolo, der Herr dort hinten – er ist vom Venezianischen Tourismus Verband, und die Dame dort drüben ist eine Teilhaberin und Freundin meines Vaters." Sie neigte sich näher an sein Ohr und sagte so leise, dass ich es zum Glück aber doch noch verstand: „Außerdem sterbe ich vor Aufregung. Ich habe alles vorbereitet, so, wie du es dir vorgestellt hast. Ich hoffe, du bist glücklich …"

„Das werde ich sein! Ich kann es kaum erwarten!" Er strahlte und warf ihr einen Blick zu, der sagte, dass sie vor mir lieber schweigen sollte.

Shit! Sie war seinem Charme erlegen! Schon bald würde aus der *Like a Virgin*-Tussi eine *Ups, I did it again*-Schlampe werden! Den Himmel konnte sie sich aber abschminken, wenn sie es wirklich wagen sollte, mir meinen Freund auszuspannen! Denn dann würde ich sie höchstpersönlich zum Teufel jagen!

Sie hakte sich vertraut bei Marc ein, der mich schulterzuckend freigab.

„Bin gleich wieder da", erklärte er knapp und folgte

gehorsam ihrer schwarzen Nonnenkluft. Jeder ihrer Schritte ließ erahnen, was für ein toller Hintern sich unter dem tristen Stoff verbarg. Na Halleluja!

Ich wollte ihm folgen, ihm verbieten, sich mit dieser scheinheiligen Italienerin einzulassen, aber ich wusste, dass er bei einer Szene von mir sauer werden würde. Ich brauchte also Beweise!

Der erste Schritt war, die beiden keine Sekunde aus den Augen zu lassen.

Ohne Marc, der das Wanken, die Absatzhöhe und den steigenden Promillespiegel in meinem Blut perfekt ausgeglichen hatte, trippelte ich an die Reling, wo ich mich unauffällig festhalten konnte. Von hier aus würde ich meine Überwachung starten. Zum Glück stand der Kellner mit den Horsd'œuvre nicht weit. Im glänzenden Licht der goldenen Lampions, die sich in weichen Bahnen über das gesamte Deck spannten, schimmerten die eleganten Kleider und Anzüge der Gäste, und ich kam mir vor wie auf einer Hollywoodparty. Oder … was war das italienische Pendant zu Hollywood?

„Hallöchen."

Neben mir stand ein Mann in Rot. Shirt rot, Hose rot. Und sogar seine Badelatschen hatten eine rote Sohle. Ich nahm aber trotzdem nicht an, dass es Louboutins waren. Er entsprach sogar noch weniger dem Dresscode als ich in meinem luftigen Sommerkleid.

„Sind Sie auch Deutsche?", fragte er, und ich war versucht, das zu verneinen. Ich kannte das. Er würde sich an mir festquatschen und mich den ganzen Abend belagern.

„Ich bin Jörg. Bin heute hier der Rettungsschwimmer. Auf dem Oberdeck ist ein Pool."

Das erklärte die goldenen Luftmatratzen, die überall bereitstanden – aber es erklärte nicht, warum der Typ jetzt neben mir und nicht oben am Pool stand.

„Klingt ja spannend", log ich, ohne ihn direkt anzusehen. Solchen Typen durfte man nicht mal den kleinen Finger an Aufmerksamkeit reichen.

„Gehören Sie auch zum Personal? Dann könnten wir doch zusammen in die Personalkabine …"

Personal? Ich? Sah der nicht meine Schuhe?

Vielleicht konnte mein Kleid nicht ganz mit den Roben der anderen Damen mithalten, aber meine Schuhe stachen dafür alle anderen aus!

Verärgert widmete ich diesem Jörg also doch meine Aufmerksamkeit. Sein rotes Outfit war tatsächlich die gängige Kluft der Salvataggios, und an seiner Hüfte baumelte ein Funkgerät. Er war ganz ohne Zweifel ein *sehr* wichtiger Typ! Das war mir aufgrund seines langweiligen Äußeren nur nicht sofort aufgefallen.

„Nein, ich bin Gast hier!", erklärte ich entschieden, strich mir die Locken zurück und hoffte, damit die Diskussion mit der Personalkabine gar nicht erst fortführen zu müssen. „Mein Freund steht dort …"

Ich zeigte in die Richtung, in die Marc mit der Nonne verschwunden war, aber dort war niemand mehr.

Verdammt! Überwachung fehlgeschlagen! Ich brauchte einen neuen Plan!

„… äh … ja, er … wird sicher gleich wieder hier sein."

„Sicher!" Jörgs Blick zeigte, dass er mir nicht glaubte.

„Ich habe sofort gesehen, dass Sie Deutsche sind", redete Jörg drauflos und deutete auf seine Augen. „Ich hab da einen Blick für."

Na wow! Was für eine Gabe! Er sollte sich ein Cape nähen und sich „Nationalitätenkenner" als Heldennamen aussuchen. Womöglich würde er dann im nächsten Marvel-Blockbuster eine Hauptrolle spielen. Wobei es Filme eh immer recht einfach hielten in Bezug auf die Bösewichte: Es waren Deutsche oder Russen. Aber ich hielt ihm zugute, dass ein deutscher Schauspieler auch hin und wieder einen russischen Bösewicht spielte … da war das wirklich etwas knifflig.

„Sollten Sie nicht am Pool sein und aufpassen, dass niemand ertrinkt?"

„Um diese Uhrzeit ertrinkt noch niemand."

Ach so! Ja klar! Das war einleuchtend. Ich schüttelte im Geist den Kopf über diesen Bullshit und suchte dabei möglichst unauffällig das Deck nach Marc ab.

Den Gedanken, dass er gerade mit Schwester Sofia in der Personalkabine den Rosenkranz betete, drängte ich beiseite. Ich musste mich beherrschen. Nach dem heutigen Abend gehörte der restliche Urlaub wieder uns – und die Nonne würde Geschichte sein.

Vermutlich, weil sie dann ihre Unschuld verloren hatte …

Verdammt! Ich starb vor Eifersucht!

Ich griff mir einen Schampus, um meine Nerven zu beruhigen.

„Sie sehen blass aus. Sie sind doch nicht etwa seekrank?" Jörg stellte zwar eine Frage, schien aber keine Antwort zu erwarten. „Bevor ich mich der Rettung von Menschenleben verschrieben habe, war ich ebenfalls seekrank. Aber was will man machen, wenn es um Leben und Tod geht? Dann muss man den Arsch zusammenkneifen und seinen Job durchziehen!“

Oh weia! Das konnte ja noch heiter werden! Ich gönnte mir einen großen Schluck Selbstmitleidschampagner und versuchte, Jörgs Stimme irgendwie auszublenden. Schließlich hatte ich ganz andere Probleme.

Er schlug sich auf die Brust, was mich zusammenzucken ließ. Warum diese ruckartigen Bewegungen???

„… mich fragen, sollten alte Leute nicht mehr ins tiefe Wasser gehen.“

Offenbar hatte ich den spannenden Teil seiner Geschichte verpasst.

„Ich habe schon Hunderte Menschen gerettet!“, prahlte er. „Frauen, Kinder, Männer … und die scheißen sich meistens am ärgsten ein!“

Na klar! Er war der reinste Hercules! Ich konnte nicht anders, als an seiner Geschichte zu zweifeln. Er sah aus wie einer der Streber aus meiner Schulzeit – und nicht wie ein Rettungsschwimmer für gefährliche, sturmumtoste und internationale Gewässer. Vermutlich war Angeber-Jörg nicht mehr als ein Bademeister im örtlichen Hallenbad von Spardorf – oder sonst einem Ort in tiefster Provinz.

Bei Weitem kein Hercules – höchstens Jörcules!

Er hatte absolut keine Ähnlichkeit mit dem *Baywatch*-Gott vom Strand. Da konnte er auch fünf Funkgeräte mit sich herumtragen.

Und überhaupt, wen wollte er denn beeindrucken?

Mich? Pah! Ich sollte ihm mal erzählen, dass ein Russe mit Kalaschnikow versucht hatte, mich an ein Krokodil in der Badewanne zu verfüttern!

Aber so war das eben! Eine rote Badehose machte noch lange keinen Rettungsschwimmer!

Da sich Jörcules nicht daran störte, ein sehr einseitiges Gespräch zu führen, ließ ich ihn reden und suchte weiter nach Marc. Wo zum Teufel steckte der? Ich hatte von meiner Position aus keine gute Sicht auf das Deck, darum schob ich mich Stück für Stück an der Reling entlang, bis eine goldene Luftmatratze mir den Weg versperrte. Wirklich nobel, diese glänzenden Gummidinger.

„Wollen Sie auch baden gehen?“, fragte Jörcules und drückte mir eine der Matratzen in die Hand.

„Was? Ich …“

Herrgott, konnte er nicht dieses blöde Ding wegnehmen, ich konnte ja gar nichts sehen … DA!

Ich stieß Jörg beiseite und duckte mich hinter die Luftmatratze. Marc und die Nonne standen etwas versteckt seitlich des Steuerhauses, abseits des Partyrummels, und steckten die Köpfe zusammen.

Ich musste hören, worüber sie sprachen. Darum schob ich mich im Schutz der goldenen Schwimmhilfe näher heran.

Ich presste mich an die Wand, als ein Kellner ein Tablett mit zwei Sektgläsern und einer Flasche Schampus an mir vorbei trug. Er stellte es vor Marc auf den Stehtisch, und der bedankte sich freundlich. Marc wirkte nervös. Er wischte sich ständig die Hände an der Hose ab. Dann nahm er die Flasche und klemmte sie sich zwischen die

Beine, während er den Korken löste. Etwas Sekt sprudelte heraus, und die Heilige Sofia trat lächelnd einen Schritt beiseite.

Ich konnte es nicht fassen! Anstatt mit mir meine Lieblingsszenen aus Titanic nachzuspielen, schlurfte Marc hier in aller Heimlichkeit mit der Jungfrau Champagner!

Wütend packte ich die Luftmatratze und schlich noch näher heran.

Der Musiker machte eine Pause, und das Signalhorn der Jacht scholl über den Hafen, als sich das Schiff langsam vom Kai löste und sich drehte.

„Auch das noch!“, murmelte ich. Ich hatte doch schon ohne das Wanken durch den Antrieb Mühe, nicht zu stürzen.

Die Gäste applaudierten, und die Musik setzte wieder ein. Das nutzte ich, um bis auf Hörweite an das miteinander so vertraut wirkende Paar heranzuschleichen.

Marc hatte inzwischen die Gläser eingegossen, und beide sahen lächelnd auf die Sektkelche hinab.

Wollte ich wissen, was es zu feiern gab? Lieber nicht.

„Ich muss es Anna jetzt sagen“, hörte ich Marc reden und hielt erschrocken die Luft an.

Es mir sagen? Was denn? Oh Gott, ich würde gleich in Ohnmacht fallen! Dieser Mistkerl wollte mich absägen. Und das hier, vor all diesen Leuten!

„Wie wird sie reagieren?“, fragte die Nonne und berührte sachte seinen Arm.

Shit, sie konnte es wohl kaum erwarten, meinen Platz einzunehmen!

„Ich denke, es wird Tränen geben“, antwortete Marc

und zuckte mit den Schultern.

Tränen? Ach du Scheiße! Er würde wirklich und wahrhaftig mit mir Schluss machen!

Dieser Mistkerl! Dieser Fiesling! Dieser … Nonnenverführer!

„Ich bin so aufgeregt“, gestand meine Widersacherin. „Und ich freue mich!“

Sie schlang Marc die Arme um den Hals, und der ließ es sich auch noch gefallen!

Mir hämmerte das Blut bis in die Haarspitzen, und ich sah rot.

Wie konnte er mir das antun?

„Du Bastard!“, rief ich und schwang drohend die Luftmatratze.

Beide fuhren erschrocken auseinander.

„Anna!?“ Marc schien überrascht. Er sah unsicher von mir zur Nonne. „Was …? Ich dachte, du …“ Er deutete dorthin, wo er mich zurückgelassen hatte.

„Schon klar! Du dachtest, ich krieg nicht mit, was hier läuft!“

„Anna, bitte … beruhig dich.“ Er kam näher und streckte seine Hand nach mir aus.

„Was ist denn hier los?“, mischte sich nun auch noch Jörg hinter mir ein.

„Halt du dich da raus, du Spinner!“, schrie ich und wich bis zur Reling zurück, um wenigstens irgendeinen Schutz im Rücken zu haben. Jörcules hatte mir gerade noch gefehlt. Vermutlich hoffte er, mich gleich in der Personalkabine trösten zu können.

„Marc wollte Ihnen etwas sagen“, meldete sich Sofia zu

Wort und schenkte mir ein strahlendes Lächeln.

Diese Bitch! Weidete sich an meinem Unglück! Das war ja nun wirklich unchristlich!

Blind vor Zorn holte ich aus und schlug ihr die Luftmatratze ins Gesicht. Die Gläser fielen klirrend zu Boden, Marc schrie und ging fluchend dazwischen. Jörg brachte sich heldenhaft hinter einem anderen Gast in Sicherheit.

Marcs rettender Einsatz für die Nonne war so niederschmetternd, dass ich erneut ausholte …

Ich knickte um. Die Arme und Luftmatratze gestreckt über meinem Kopf, taumelte ich gegen die Reling, verlor das Gleichgewicht und …

Alles geschah wie in Zeitlupe. Ich sah Marcs entsetzten Gesichtsausdruck. Sah, wie er die Arme nach mir ausstreckte. Sah die Nonne nach ihrem Rosenkranz greifen, ein stummes Gebet auf den Lippen, und den verkappten Bademeister, der im Hintergrund des Geschehens das Weite suchte.

Es war verrückt, wie viele Details man wahrnahm, wenn das Leben am seidenen Faden hing.

Die Scherben an Deck waren das Letzte, was ich wahrnahm, ehe ich mitsamt der Luftmatratze in die Tiefe stürzte.

Kapitel 12

Als ich hustend und prustend aus der salzigen Gülle des Hafenbeckens auftauchte, fragte ich mich, wie um alles in der Welt ich mich in dieser Situation wiederfinden konnte.

Ich trieb auf einem Türblatt im Mittelmeer, während die Lichter der *Adriatica* am Nachthimmel immer kleiner wurden und eisige Wellen an meinen Waden leckten.

Ein Eisberg hatte mich gerammt – zumindest fühlte es sich so an. Ich blinzelte meine Tränen fort, und das Titanic-Türblatt verwandelte sich zurück in die goldene Luftmatratze, an die ich mich in Todesangst klammerte.

Wo war mein Jake? Warum ging er nicht mit mir unter? Und wo war Jörcules, wenn man ihn brauchte? Oder Mitch Buchannan? Auf Penisträger war in letzter Zeit wirklich wenig Verlass!

Zum Glück hatte ich mir die Bikinizone gewachst, so zogen mich die nassen Haare nicht so schnell in die Tiefe. Ich würde dank dieser schmerzvollen Behandlung also gute zwanzig Sekunden länger am Leben bleiben!

Trotzdem musste ich dringend eine *To-Do-um-zu-überleben-Liste* anlegen:

- *Auf keinen Fall die Luftmatratze loslassen.*
- *Von irgendwoher ne Trillerpfeife besorgen.*

- *Ausschau nach Haien und Riesenkraken halten und eine Verteidigungsstrategie überlegen. Vielleicht lag am Meeresgrund irgendwo eine brauchbare Harpune.*
- *Ausschau nach einem Rettungsboot halten – sicher kam hier gleich der sexy Salvataggio vom Strand vorbei.*
- *In diesem Fall unbedingt eine Ohnmacht vortäuschen.*
- *Mir kurzerhand selbst beibringen, nach den Sternen zu navigieren – dabei gleich mal herausfinden, wo Norden ist. Oder half das nichts, wenn man im Süden im Urlaub war?*
- *Versuchen, die evolutionäre Entwicklung durch Meditation zu beschleunigen, und mir Flossen wachsen zu lassen. Ommm …*
- *Und der wichtigste Punkt: mir verdammt noch mal merken, was alles auf dieser Liste stand.*

Ich klammerte mich an die Matratze, paddelte mit den Armen und versuchte, mich planmäßig anhand der Sterne zu orientieren. Das war gar nicht so schwer. Wo die Sterne waren, war oben!

Stolz auf diese Erkenntnis, vernahm ich platschende Geräusche ganz in der Nähe.

Mein Herz schlug schneller. Verdammt! Das konnten ja nur Haie oder Riesenkraken sein! Allerdings war ich mir ziemlich sicher, dass Haie nicht so schnaubten.

„Zum Teufel, mit dir, Anna!“, brüllte Marc und kraulte zügig auf mich zu. Er spuckte Wasser aus, das ihm in den Mund gelaufen war. „Ich weiß echt nicht, was ich mit dir noch machen soll!“

„Marc?“ Er war hier! Warum war er hier? Und hoffentlich hatte er eine Trillerpfeife dabei!

„Ich sollte dich echt ersaufen lassen!“, schrie er und griff nach der Luftmatratze. „Was hast du dir nur dabei gedacht?“

Er war mir doch wohl nicht etwa nur hinterhergehüpft, um mich anzupflaumen? Oder wollte er so dringend mit mir Schluss machen, dass …

Er packte mich und drückte mir einen harten Kuss auf die Lippen.

„Du bringst mich noch um!“, erklärte er und schob mich höher auf die Matratze.

„Du hättest mir ja nicht hinterherhüpfen müssen!“, rechtfertigte ich mich, denn seine Laune half mir gerade auch nicht weiter. Ich hatte schließlich einen meiner neuen Schuhe verloren – und mein Vertrauen in Rettungsschwimmer! Da brauchte mir ein Kerl, der mich verlassen wollte, keine Vorträge halten.

„Ach nein? Hätte ich nicht? Was hätte ich denn stattdessen tun sollen? Seelenruhig weiterfeiern?“

„Wolltest du das nicht eh tun? Mich abschießen und dann die Nonne vögeln?“

Marcs Spottbraue hob sich, und er schnappte nach Luft.

„Das denkst du?“ Er schüttelte den Kopf und sah mich enttäuscht an. „Weißt du was, Annalein. Vergiss es! Vergiss einfach alles! Ich …“ Er schlug hilflos auf die Wasseroberfläche. „Ich weiß nicht, was ich noch sagen soll.“

Er ließ die Luftmatratze los und schwamm einige Züge voraus. Dann drehte er sich um.

„Ich wollte dir einen Antrag machen, Anna. Weil ich dich liebe!“ Er schüttelte den Kopf. „Warum auch immer ich das tue!“

WAS????

Ein Antrag? Ein Heiratsantrag?

Ich verstieß gegen den ersten Punkt meiner Überlebensregeln und ließ mich von der Matratze ins Wasser gleiten. Hektisch schwamm ich hinter ihm her. Verdammt, mein Kleid zog mich ganz schön runter.

„Marc!“, japste ich. „Warte, Marc! Sag das noch mal!“

Er schnaubte, wartete aber auf mich.

„Ich liebe dich!“, erklärte er schroff.

„Nicht das! Das andere.“

Marc grinste. „Ach? Jetzt auf einmal?“

Er stützte mich, damit ich wenigstens bis zum Kinn über den Wellen blieb.

„Es ist nicht die richtige Zeit für Scherze!“, erinnerte ich ihn. „Denn falls dir das entgangen ist – wir ertrinken!“

Und selbst wenn uns die Küstenwache aus dem Wasser fischen würde, bekämen wir mächtig Ärger. So braun, wie ich war, mussten sie mich ja zwangsweise für eine illegale Einwanderin halten, die dem Schlepper vom Boot gefallen war.

„Wir ertrinken nicht!“, versicherte mir Marc etwas versöhnlicher. „Gleich dort drüben ist eine Leiter die Kaimauer hoch. Aber ich überlege noch, ob ich nicht doch die Gelegenheit nutze und dich ertränke, denn so kann es einfach nicht weitergehen.“

„Ich konnte doch nicht wissen, dass du mich heiraten willst!“

Es war schon etwas unfair, mal wieder mir die Schuld in den *einen* verbliebenen Schuh zu schieben.

„Wer sagt, dass ich das nach dieser Nummer noch will? Du traust mir nicht einen Zentimeter weit – und das, obwohl ich immer ehrlich zu dir war!"

Mir schlotterten die Zähne. Konnten wir diese leidige Diskussion nicht führen, nachdem wir uns an Land gerettet hatten? Ich suchte nach der Luftmatratze, aber die war längst abgetrieben.

Den Punkt konnte ich wohl streichen!

Mutlos, auch wegen Marcs begründetem Vorwurf, sank ich gleich noch etwas tiefer ins Wasser.

„Ich hab es verbockt, Marc – das seh ich ja ein. Aber deine Heimlichtuerei mit dieser Nonne, die du so scharf findest … Ich dachte nicht, dass ich da mithalten kann. Ich hatte doch nur Angst, dich zu verlieren!"

Er lächelte und wischte sich die nassen Haare aus der Stirn.

„Du verlierst mich nicht."

Er griff nach meiner Hand, und obwohl ich fürchtete, unterzugehen, überließ ich mich seiner Führung. Er zog mich an sich und küsste mich. Wir tauchten kurz unter, aber Marc hob mich aus dem Wasser. „Du wirst mich auch nicht mehr los, Annalein." Das Mondlicht spiegelte sich in seine dunklen Augen, als er mich ansah.

„Zumindest nicht, bis du den Ring bei mir abbezahlt hast, den du in deinem tollwütigen Anfall mit der Luftmatratze von Bord des Schiffes gefegt hast."

„Welchen Ring?"

Marc lachte.

„Denkst du, ich mach dir nen Antrag ohne Ring? Ich hatte ihn gerade in eines der Sektgläser getan und wollte damit mit dir anstoßen. Sofia war so nett, für passende Musik zu sorgen. Sie hat sich für dich gefreut wie ein Kind. Vermutlich, weil ihr niemals jemand einen Antrag machen wird.“

„Ach du Scheiße!“

Na, das hatte ich ja mal voll verkackt! Dabei hörte sich das doch so traumhaft romantisch an. Verdammt!

„Wie teuer war denn der Ring?“

Hoffentlich kein unbezahlbares Familienerbstück …

Marc zwinkerte. „Du kannst ihn dir sicher nicht leisten, aber ich erlaube dir, ihn bei mir abzuarbeiten. Mir fällt da schon so das eine oder andere ein.“

Er schob trotz unserer Seenot seine Hand unter mein in den Wellen treibendes Kleid und zwickte mich in den Po.

Derart abgelenkt, vergaß ich vollkommen, was auf meiner Liste stand. Ich wäre dank meiner überschäumenden Glücksgefühle gerade ein leichtes Opfer für Kraken und anderes Getier.

„Es tut mir echt leid, Marc“, versicherte ich ihm überzeugend, denn ich hätte mich am liebsten selbst geohrfeigt. Marc hatte sich etwas so Tolles überlegt, und statt seines filmreifen Antrags auf einer Jacht bekam ich nun nur eine Erkältung wegen Unterkühlung.

Und würde er mich denn jetzt noch heiraten? Das hatte er ja noch gar nicht gesagt.

Ich paddelte schweigend neben ihm her, in Richtung der Treppe, und wusste nicht, wie ich die Sprache noch mal auf den Antrag bringen sollte. War schon etwas unhöflich, ihm den aus den Rippen zu leiern.

Andererseits …

„Du, Marc?“ Ich hustete, weil ich Wasser geschluckt hatte – und weil ich nicht so recht wusste, wie ich zur Sache kommen sollte.

„Ja, Annalein?“ Er klang spöttisch, und ich war froh, dass ich in der Dunkelheit seine Spottbraue nicht sehen konnte.

„Ist denn das mit der Hochzeit, also … also mit dem Antrag … dann jetzt durch?“

Verdammt, meine Stimme zitterte!

Wieder griff Marc nach meinen Händen, und ich umschlang ihn kraftlos mit meinen Beinen. Das schien ihm überhaupt nichts auszumachen.

„Na ja …“ Er küsste mich sanft auf den Mund. „So sicher bin ich mir jetzt nicht …“

Oh Kacke! Das hatte ich befürchtet!

„Marc, ich …“ Ich musste ihn umstimmen. „Ich liebe dich! Nur aus diesem Grund passieren solche … Katastrophen. Ich weiß in meiner Eifersucht einfach nicht, was …“

„Sei still, Anna. Hör mir zu und lass mich ausreden!“

YAYYY!!!

Da war er wieder, mein dominanter Mr. Grey. Ich hatte ihn schon vermisst, seit er seine heilige Seite im Schlepptau der Nonne entdeckt hatte.

„Ich bin mir nicht sicher …, ob wir jetzt noch irgendwo einen Pfarrer finden, der uns traut. Immerhin hast du einen tätlichen Angriff auf eine Nonne verübt! Vermutlich bekommst du lebenslanges Hausverbot in der Kirche!“

Wir hatten die Leiter erreicht, und er schob mich hilfsbereit die Stufen hinauf. Das Kleid klebte mir an den Beinen – beinahe, als wären mir wirklich Flossen gewachsen. Matt und erschöpft ließ ich mich auf die Holzplanken fallen und schnappte nach Luft. Marc sank neben mich und strich mir zärtlich die Haare aus dem Gesicht. Wir zuckten zusammen, als das erste Krachen des Feuerwerks bunt glänzende Sterne ins Meer regnen ließ.

Marc setzte sich auf. Das Hemd klebte ihm am Körper, und in seinem Bart hing ein kleines Stück Alge. Seine Lippen waren blau vor Kälte, als er mich liebevoll anlächelte.

„Wenn du mich willst, so ohne Ring, Rede und romantischen Song … mit nicht mehr als diesem Feuerwerk in petto, … dann sollten wir es auf den Versuch einfach ankommen lassen." Er zwinkerte. „Was meinst du, Anna: Willst du mich heiraten?"

Oh, mein Gott!!!!!

Ich musste deutlich zu viel Wasser geschluckt haben! Ich konnte plötzlich nicht mehr atmen, nichts sagen … sogar das Bild verschwamm mir vor Augen, und ich ermahnte mich streng, jetzt unter *keinen Umständen* ohnmächtig zu werden!

„Das will ich!", rief ich. „Oh, Marc, das will ich!"

Yes!!! Obwohl ich fast von einem Riesenkraken in die Tiefe der Meere geschleppt worden wäre, war dies eindeutig der beste Tag meines Lebens!

Kate Winslet hätte die Titanic eigenhändig versenkt für so ein tolles Happy End – wobei ich ja finde, dass sie sich am Schluss echt etwas blöd angestellt hatte. Der schmächtige Leo hätte ja wohl locker noch mit auf die Tür gepasst!

Verdammt! Wie konnte ich in so einer Situation nur mit meinen Gedanken derart abschweifen? Ich litt eindeutig an Unterkühlung! Um so was zukünftig zu vermeiden, sollte ich mir unbedingt wieder ein etwas dickeres Fettpolster anfuttern. Das diente eindeutig der Sicherheit und half schließlich auch den Robben. Ich wollte Marc ja nicht gleich wieder zum Witwer machen!

Um also zurück zum eigentlichen Thema Liebe und Hochzeit und ewige Treue zu kommen, zog ich Marc neben mich auf die Holzplanken und kuschelte mich an ihn. Das Grinsen in meinem Gesicht war trotz meiner zitternden Lippen nicht zu übersehen. Kein Wunder!

Ich hatte meinen persönlichen Rettungsschwimmer gefunden, der selbst ohne rote Badehose eine super Figur machte. Der mich liebte und mir sogar verzieh, dass ich Nonnen vermöbelte. Der ohne Ring und lange Rede um meine Hand anhielt, während ihm das Wasser bis zum Hals stand. Wenn ich ihn nun noch dazu bringen würde, das doofe Zelt zu verbrennen und unsere Flitterwochen in der Karibik zu verbringen, stand unserem Glück echt nichts mehr im Wege!

Marc, Pussy und ich würden eine richtige Familie werden!

Ich knutschte ihn so stürmisch, bis er sich lachend freikämpfte.

„Ich liebe dich, Marc."

„Ich dich auch, Annalein. Aber wenn wir erst zu Hause sind, versohl ich dir für diese Nummer trotzdem noch den

Hintern!“

Ich lachte laut und presste mich in freudiger Erwartung an ihm.

„Halleluja!“ An diesen Urlaub würden wir noch lange denken!

Ende

Lesen Sie auch:

Gefährliche Intrigen

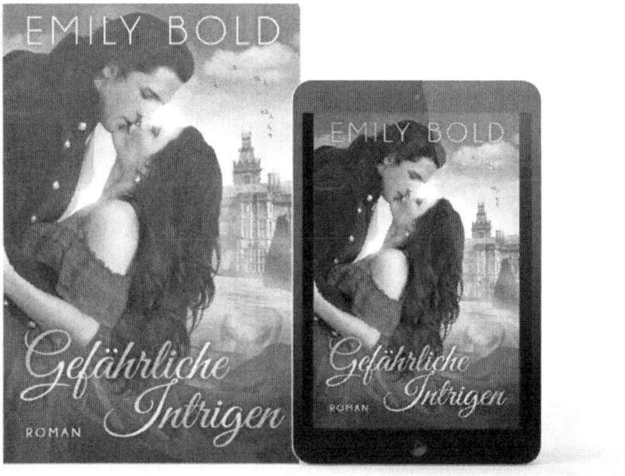

England, 1729.

Logan Torrington findet mitten im Wald die junge, verwundete Emma Pears, die auf der Reise zu ihrem Onkel hinterhältig überfallen wurde. Nach einer leidenschaftlichen Liebesnacht bringt Logan die außergewöhnliche Frau in Sicherheit.

Bald jedoch muss er entdecken, dass seine Elfe, wie er Emma fortan liebevoll nennt, nicht nur sein Herz gefangen hat, sondern immer noch in allergrößter Gefahr schwebt ...

THE CURSE

Samantha hat genug von den Jungs ihrer Highschool – und besonders von Herzensbrecher Ryan. So nimmt sie das Angebot ihres Lehrers an, die Ferien im fernen Schottland zu verbringen. Kaum bei ihrer Gastfamilie angekommen, wird sie von den Sagen und Mythen des Landes in den Bann gezogen.

Als sie dann auch noch den geheimnisvollen Schotten Payton kennenlernt, beginnt das größte und gefährlichste Abenteuer ihres Lebens …

„Sympathische Protagonisten, wunderbar beschriebene Schauplätze und eine unglaubliche Geschichte machen dieses Buch zu einem unvergesslichen Lesevergnügen.“ - **Tintenzauber**

"…der Roman entwickelt einen gewaltigen Lesesog, dem man sich nicht entziehen kann. Unbedingt lesen!" – **Manjas Buchregal**

…diese Reihe macht süchtig! – **CINEMAinMYhead**

Emily Bold wurde 1980 in Mittelfranken geboren, wo sie auch heute noch mit ihrem Mann und ihren beiden Töchtern lebt.

Sie schreibt Liebesromane für Jugendliche und Erwachsene und blickt mittlerweile auf zweiundzwanzig deutschsprachige sowie acht englischsprachige Bücher und Novellen zurück, die den Lesern viele romantische Stunden, und Emily Bold eine begeisterte Leserschaft beschert haben. Roman Nr. 23 ist bereits in Arbeit.

Über das Schreiben sagt sie: "Schreiben ist für mich Entspannung, Passion und Leidenschaft. "

Nach "Ein Kuss in den Highlands" und "Klang der Gezeiten" veröffentlichte Emily mit "Lichtblaue Sommernächte" bereits ihren dritten zeitgenössischen Liebesroman. Der Titel erschien bei den Ullstein Buchverlagen.

"Auf der Suche nach Mr. Grey" war unter den zehn beliebtesten Romanen 2015 in Amazons Kindle-Shop, die Fortsetzung des No. 1 Bestsellers - "Ein Tanz mit Mr. Grey" - wurde von der LovelyBooks.de Community auf den zweiten Platz der beliebtesten Romane 2015 in der Kategorie "Humor" gewählt

Emily freut sich über Post von ihren Lesern - schreiben Sie ihr: kontakt@emilybold.de oder besuchen Sie Emily auf ihrer Homepage: emilybold.de und thecurse.de. Werden Sie Fan bei Facebook: facebook.com/emilybold.de

Bücher von Emily Bold

Zeitgenössische Liebesromane

Historical Romance

Fantasy Romance

14778893R00073

Printed in Poland
by Amazon Fulfillment
Poland Sp. z o.o., Wrocław